O TEOREMA DAS LETRAS

ANDRÉ CARNEIRO

OUTROS LIVROS DE ANDRÉ CARNEIRO

Ângulo e Face. Editora Clube de Poesia, 1949. Poesia.

Diário da Nave Perdida. Editora EdArt, 1963. Contos.

O Mundo Misterioso do Hipnotismo. Editora EdArt, 1963. Ensaio científico.

Espaçopleno. Editora Clube de Poesia, 1963. Poesia.

O Homem que Adivinhava. Editora EdArt, 1966. Contos.

Introdução ao Estudo da "Science Fiction". Conselho Estadual de Cultura, 1967. Crítica literária.

Manual de Hipnose. Editora Resenha Universitária, 1968. Ensaio científico.

Piscina Livre. Delta Forlags (Suécia), 1980. Romance.

Piscina Livre. Editora Moderna, 1980. Romance.

Pássaros Florescem. Editora Scipione, 1988. Poesia, Prêmio Bienal Nestlé de Poesia, 1988.

Amorquia. Editora Aleph, 1991. Romance.

Les ténèbres. Recio-Verso (Bélgica), 1992. Novela.

A Máquina de Hyerónimus e Outras Histórias. Editora da Universidade Federal de São Carlos, 1997. Contos.

Birds Flower. Las Arenas Press (Estados Unidos), 1998. Tradução de Leo Barrow. Poesia.

Confissões do Inexplicável. Devir Livraria, Pulsar, 2006. Contos.

Quânticos da Incerteza. Prefeitura da Estância de Atibaia, 2007. Poesia.

É Proibido Ler de Gravata. (Organização) Editora Multifoco, 2010. Antologia de contos.

O TEOREMA DAS LETRAS

André Carneiro

DEVIR

O Teorema das Letras
Copyright © 2016 by Os herdeiro de André Carneiro
Copyright do Posfácio © 2016 by Ramiro Giroldo
Capa: Claudio Takita
Revisão: Ivanna Mattiazzo Casella
Diagramação Eletrônica: Tino Chagas

DEV333095

ISBN: 978-85-7532-551-3

1ª Edição: 2016

Dados Internacionais de Catalogação na Publicação (CIP)
(Câmara Brasileira do Livro, SP, Brasil)

Carneiro, André
O Teorema das Letras / André Carneiro. — São Paulo – Devir 2016

ISBN 978-85-7532-551-3

1. Contos brasileiros 2. Ficção científica brasileira I. Título

13-08327 CDD-869.9308762

Índices para catálogo sistemático:

1. Ficção científica – Literatura brasileira 869.9308762

DEVIR

Brasil
Rua Teodureto Souto, 624
Cambuci
São Paulo–SP
CEP: 01539–000
Fone: (11) 2127–8787
sac@devir.com.br

Portugal
Polo Industrial
Brejos de Carreteiros
Armazém 4, Escritório 2
Olhos de Água
2950–554 — Palmela
Fone: 212–139–440
devir@devir.pt

Visite nosso site: www.devir.com

SUMÁRIO

NOTA DO EDITOR

O Teorema das Letras é o quinto livro de contos de André Carneiro, escritor paulista que começou sua carreira em fins da década de 1950 com poemas e contos. Segue-se à coletânea anterior, *Confissões do Inexplicável* — publicada também pela Devir, em 2007 —, o maior livro de histórias reunindo trabalhos de um autor brasileiro de ficção científica. Nascido em 1922, ao longo de sua longa carreira, André Carneiro contribuiu como poucos para a sofisticação e o aprofundamento literário do conto brasileiro de ficção científica, alcançando relevância e destaque internacional com histórias como "A Escuridão", "Um Casamento Perfeito", "Transplante de Cérebro" e outras publicadas nos Estados Unidos, Europa e América Latina, despertando comparações favoráveis com Franz Kafka, Albert Camus, Adolfo Bioy Casares e outros grandes nomes da literatura. Sua ficção científica subjetivista, humana, poética, irônica e literária, livre de fronteiras rígidas entre gêneros, também o aproximou da *New Wave* anglo-americana, um dos movimentos da vanguarda da FC. As características marcantes e singulares de Carneiro retornam nos contos de *O Teorema das Letras*, reunidos pela primeira vez nesta edição cuja capa é valorizada pela pintura do artista plástico Cláudio Takita. Para celebrar a importância de Carneiro, a Devir Brasil solicitou um ensaio especial do Prof. Ramiro Giroldo, estudioso da obra de Carneiro e autor do livro *Ditadura do Prazer: Sobre Ficção Científica e Utopia*. O posfácio erudito e minucioso de Giroldo configura-se como a melhor e mais completa avaliação da notável contribuição de André Carneiro para a literatura brasileira.

Douglas Quinta Reis
Devir Brasil

O TEOREMA DAS LETRAS

A crença
dança nua com os devotos.
Teorema das letras escadas
além do muro,
minha criptografia
não decifra, alimenta.

—André Carneiro, "Pela Fresta dos Olhos"

ALICE E ROBERVAL

Alice não gostava do seu nome. Lembrava a história da outra. Ela cortava comparações, não suportava quem falava demais, nem ela mesma. Amava seu computador, tentava com ele atingir o máximo.

Tinha um espelho com trinca e detestava piadas com a outra Alice. Roberval também não gostava do próprio nome, ele era um amigo e namorado. Alguns o respeitavam como *nerd*, o que já acontecia com Alice, embora poucos notassem.

Quando as teclas do computador travavam, Alice abraçava as costas magras do monitor. Uma noite uma faísca azul entrou pela fresta da blusa, fez um traço vermelho no seio. Imagens saltavam na tela. O computador se embriagava nos curtos-circuitos dos fios elétricos derrubados na rua.

Quase todos temem relâmpagos, Roberval lembrava o prejuízo se as faíscas derretessem as memórias.

Alice dizia: "Nosso computador é capaz de todas as soluções." Roberval preocupava-se quando havia alguém presente. Alice dava ordens ao micro, brincava de pedir opiniões. Alguém assistiu uma discussão dos três, afirmou ouvir a voz do computador no meio das frases. Alice ria, não se preocupava em desmentir.

Roberval rapidamente se transformava em um incansável conhecedor e transformador da "nossa" máquina. Na técnica, ultrapassava Alice, cuja imaginação voava. Porém as mãos de Roberval desmontavam o computador, acrescentando equipamentos às vezes apenas sugeridos na vasta coleção de revistas estrangeiras que ambos disputavam sempre. A máquina espalhou-se em uma grande porta servindo de mesa, na posição horizontal. Havia uma sala vazia atrás da parede. Os dois levaram duas semanas, abriram uma larga abertura para a outra sala. Lá colocaram uma grande mesa com gavetas onde as peças delicadas ficavam a salvo da poeira. Também o micro tornava-se mais privativo, tinha-se de dar uma larga volta para entrar na sala. Alice e Roberval dividiam a propriedade da máquina. Nas decisões de ambos... a máquina participava.

Conversas com o computador não chamavam a atenção de ninguém. Quase todo mundo fala com o computador. Ou porque está lento ou não obedece exatamente as ordens recebidas.

Alice possuía um tio alternativo. Ela assim o chamava porque seguia uma religião exótica. Também entusiasta da tecnologia, tornou-se um visitante habitual. Diante da máquina, costumava pedir-lhe respostas para vagas perguntas. Felizmente só tinha conhecimentos teóricos e dependia de Alice e Roberval para suas experiências. Roberval comandava as operações e limitava as intenções do tio Alves, pois sua honestidade era posta em dúvida pela mãe de Alice. Uma vez Roberval distraiu-se e tio Alves manobrou o computador sem a atenção do rapaz. Este olhou para ele esperando uma explicação. Tio Alves respondeu em voz alta, fizera uma pergunta e queria saber a resposta. Alice chegou nesse momento, houve um diálogo confuso e Roberval, conciliador, disse que iria imprimir a resposta.

A impressora escrevera lentamente, tio Alves, retirou o papel e deletou a frase.

Roberval não conseguira ler. Perguntou:

— Por que deletou?

— A informação era minha...

Tio Alves foi embora.

— Alguma coisa errada? — perguntou Alice.

Roberval sorriu. Alice percebeu que teriam complicações. Muitas vezes o Alves, baseado no parentesco, conversava a sós com Alice, que tinha depois de discutir com Roberval.

Naquele dia ele reconstituiu a impressão excluída pelo Alves. Era assim: "Respostas pendem aprendem na ação. Al e Rob vão ler, insisto, existo e coloco a matemática de uma vez."

Roberval balançava a cabeça. Na resposta havia mais o Alves do que o computador.

— Ele não fez isto só por exibicionismo...

Alice não respondeu. Sua mãe entrava rápida, como sempre.

Em seguida ela fez um sinal de atenção. Uma voz chamava da entrada. Era o tio Alves. Ele repetia:

— Com licença, estou voltando, eu e o Gilberto.

Gilberto de Souza, ex-prefeito, era seu maior amigo. Tio Alves apresentou Gilberto a Roberval, fez um gesto apontando o computador espalhado entre os dois lados da parede:

— Meu amigo Gilberto veio conhecer... esta tecnologia de ponta...

Roberval resmungou:

— Nem tanto...

Alice falou qualquer coisa sobre computadores turbinados.

Tio Alves, enfático, olhou para Roberval.

— O jovem aqui é um pesquisador... Introduziu *chips* de carbono, diodo quântico...

Roberval fez um gesto surpreso com a cabeça. Ele ia comentar a frase. Alice apertou seu braço. Ele respirou fundo, permaneceu calado, cabeça baixa. Gilberto disse entender muito pouco, mas demonstrou estar surpreendido. Contou a história de um técnico que... Tio Alves amavelmente o interrompeu:

— Não temos tempo agora...

Gilberto parecia interessado na conversa, mas olhava para o amigo, desconfiado. Dirigindo-se a Alice falou:

— O Alves sempre tem uma história do seu computador e... do que ele é capaz.

Alice usou sua voz mais suave.

— Os fabricantes estão sugerindo acessórios... O Roberval montou alguma coisa, mas nada de extraordinário.

Gilberto olhava para ela e era evidente, não estava acreditando. Roberval pensava: "Alice finge mal." Gilberto indagou de repente:

— Ouvi falar em *chips* de carbono...

Alice cortou, rindo:

— Não, não. Roberval brinca muito.

Gilberto insistiu:

— O Alves me contou sobre respostas complexas...

Alice já estava interrompendo o Gilberto antes que terminasse. Roberval tentou uma voz calma:

— Fazemos alguma brincadeira... Na *Scientific American...*

Nesse instante, Alice, tio Alves e Roberval falaram algo ao mesmo tempo, não se podia entender.

Gilberto percebia, Alice e Roberval não queriam facilitar experiências com o computador. A informação do Alves sobre o carbono era um fato extraordinário, difícil de acreditar.

Gilberto chamou Alves, aproximou-se de Alice e Roberval, falando em voz baixa. Alves apoiava com a cabeça, mas permaneceu calado.

Depois de uma longa exposição, houve um silêncio, Gilberto tirou do bolso um papel e falou com voz normal para Alice e Roberval:

— E se eu fizesse esta consulta?

Roberval leu, juntamente com Alice.

— Não, assim não, é impossível.

Gilberto perguntou:

— Por quê?

Roberval sentou-se no canto da mesa. Pegou uma grossa caneta e falando baixo reescreveu tudo. Alice e Roberval na frente, rodearam a sala, entrando na parte de trás. Roberval abriu duas gavetas e usou o teclado lentamente. Ele estava tenso, disse:

— Não sei quanto tempo ele vai demorar. Pode ser até amanhã. Talvez seja melhor vocês irem para casa, telefono quando terminar.

Gilberto sorriu, olhou para Alves, que olhou seu relógio sem ver.

— Alice, vocês me perdoem, gostaria de ficar mais um pouco. Vocês acham que ele pode resolver dentro de... duas horas?

Roberval estava com ar de dúvida. Disse:

— Não tenho precedentes para calcular. Fiquem aqui duas horas. Se não estiver pronto, voltam amanhã.

O tio Alves parecia ansioso. Andava de cá para lá, parou e despediu-se:

— Tenho de ir até a Agência. Tenho de fiscalizar os resultados dos sorteios. Tenho de... — interrompeu-se, olhou para os outros e completou: — Aqui, neste lugar, nem o Gilberto deve voltar.

Só fez um gesto de despedida e Roberval o acompanhou até a porta de saída, ainda ficaram lá uns minutos.

O Alves era dono de uma das casas lotéricas da cidade, onde se pagavam contas, compravam-se bilhetes dos sorteios da Caixa Econômica e, sem quase nenhum disfarce, os clientes apenas ultrapassavam um balcão, para "jogar no bicho". Embora fosse uma contravenção com pena prevista, era uma tradição de muitos anos, ninguém temia ou evitava.

A visita prolongada do ex-prefeito Gilberto, embora aparentemente nada tivesse de extraordinário, parecia contribuir para uma certa perturbação. A mãe de Alice já aparecera três vezes naquela parte da casa onde só existia o computador. Ainda bem que o tio Alves fora embora e sua má fama só poderia ser atribuída à sua ligação com o jogo.

Até o velho pai tinha aparecido, cumprimentado o Gilberto, cujo título de "ex" era considerado importante. A reunião avançou além das duas horas calculadas e Gilberto prometeu voltar pela manhã.

Roberval dormiu lá mesmo. Arrastaram o sofá-cama da sala e Alice improvisou um lanche em cima da porta-mesa. Eles conversaram em voz baixa, há coisas que exigem a partitura do sussurro.

Pela manhã, Alves e Gilberto já rodeavam Alice e Roberval, ao lado do computador. A resposta viera na noite anterior. Várias folhas A4 eram a sequência da inicial, feitas por Roberval e Alice.

Desse momento em diante eles ficaram tensos, mas cada um tinha as cópias do futuro nas mãos, precisavam segui-las. Tio Alves viera com seu velho carro bem revisado e cinco cidades para visitar. Roberval foi até o subúrbio procurar um primo. Tinha um carro à venda. Roberval ouviu o preço, fez contra-oferta e foi saindo sem mesmo dizer "até logo". O primo notou, ele ainda não olhara para trás, resolveu chamá-lo. Roberval encheu o tanque e conduziu o carro até um estacionamento perto de sua casa.

O Comitê da Campanha de Gilberto estranhou muito, mas oficializada a candidatura para a reeleição, ele partiu com seu carro e disse que só voltaria dali a alguns dias. Afirmou ter de cumprir uma promessa. Não disse qual, mas promessas todos respeitam. No dia seguinte, Roberval saiu em direção à metrópole. Alice foi de ônibus, depois de contar uma complicada história para os pais, já há muito tempo conformados com "esta menina".

Na relativa pequena cidade, perto da metrópole, as últimas décadas tinham transformado a população e seus velhos habitantes começavam a sentir-se deslocados diante dos próprios filhos ou netos. Nos velhos tempos, era transparente a vida de cada um, quanto ganhava ou gastava. Agora novos ricos ultrapassavam as realizações dos tradicionais e os seus parâmetros. Quem concorria com Gilberto na Prefeitura era o dono dos ônibus interestaduais.

Todos sabiam que ganharia a eleição, baseados na sua fortuna. Foi surpresa a campanha do Gilberto. Comprou ou alugou uma enorme quantidade de veículos, até ônibus enormes. Centenas de cabos eleitorais, armados com fotos coloridas de Gilberto e suas antigas obras, foram pregá-las no município inteiro.

Alice casou-se com Roberval, em cerimônia somente do cartório. Padrinho: tio Alves.

O casamento passou despercebido. Os pais de Alice já não eram importantes, mas estavam muito longe da casa antiga da esquina. Roberval não lavava a lataria do seu carro. Ele ria, dizendo: "Ladrões não roubam carros sujos."

Roberval comprara duas casas de ferragens e materiais para construção na metrópole. A filial que estava construindo em sua cidade parecia excessiva em tamanho. Comprara terrenos pela cidade. Tio Alves, nos últimos dias da campanha subia com Gilberto nos palanques e chegou até a discursar. Poucos reconheciam o antigo dono da casa lotérica. Um bigode jovial, o rosto liso, mais magro alguns quilos, ele tinha feito várias operações plásticas com grandes médicos. Gilberto mudara seu ritmo de campanha, comprara uma fazenda e um frigorífico.

Sua vitória foi por grande diferença e, mesmo os que votaram contra falavam bem do seu dinamismo e de seu sucesso na vida.

Alice abrira uma clínica. Ela trabalhava com um comunicador visual para deficientes. Seus pais estavam na Rússia, na clínica de rejuvenescimento dirigida pelo neto do célebre Voronoff.

Atrás da filial da casa de ferragens, em uma torre de cimento, Roberval tentava abalar a tese einsteiniana da velocidade máxima da luz.

Tinha viajado para Macchu Pichu com Alice.

No começo fora uma viagem turística, com outros da cidade. Visitaram também os maiores cassinos dos Estados Unidos, e, em Las Vegas, os jornais noticiaram a "grande sorte", um milhão de dólares ganho por uma brasileira no caça-níqueis. Fora Alice a felizarda.

A riqueza acelera o tempo.

Gilberto estava casado com a filha do Senador Feitosa. Moravam em um palacete na beira do lago, em Brasília. Gilberto era candidato a senador e o apoio de Feitosa garantia sua vitória. O tio Alves ninguém mais chamaria de "tio", tinha sido eleito deputado e era dono das melhores casas de apostas do Distrito Federal.

Alice e Roberval ainda moravam na "torre de cimento", era como chamavam a sua casa. Eram consideradas pessoas estranhas, não tinham amigos, viviam isolados. Roberval, cujo nome ainda o incomodava, era considerado um dos homens mais ricos da cidade, mas ainda andava em um carro muito velho, que ele mantinha sempre em ordem, embora quase nunca fosse lavado.

ZINSKA

James deslizava no tapete rolante. A situação podia aparentar tranquilidade, mas era agora o centro de sua vida. Nira sempre pusera dúvidas em tudo, e a maior era James centralizar os resultados de uma pesquisa de longos anos.

A evolução do processo tinha raízes seculares, seu desenvolvimento ultrapassava o destino particular de algumas vidas e a adesão não se podia transformar ou deixar de lado. Implantes, interferência no ser humano, sempre foram e continuavam sendo repletos de leis controladoras difíceis de serem claramente entendidas. Os órgãos oficiais estavam cheios de processos nas intervenções do DNA. Zinska, cujo código de laboratório James não pronunciava, era única, por enquanto, com inéditas possibilidades, sem título ou descrição em todos os documentos, crime determinado, mas decorrência geral da ânsia humana de construir um humano construtor de si mesmo. O pai maior de Zinska já morrera bem velho. James fora seu assistente, inevitavelmente uma espécie de coautor ou até cúmplice. Já somava um número considerável as vezes que James encontrara-se a sós com Zinska, sem aparelhos medindo reações de ambos. Somente os cinco sentidos permanentemente ligados, mais alguns ainda discutidos e nem contados seriam pelos analistas. Já não havia superioridade imposta no domínio evidente de um James experimentador e Zinska cobaia. Na simbólica gaiola ao ar livre, sem grades, eram dois seres vivos. Cada um com sua própria balança.

Mesmo James teria dificuldade de esboçar um retrato interior de Zinska. Sua educação, auxiliada por tecnologia eficiente, a destacaria em conhecimentos gerais. Psicologicamente era um enigma, com a possibilidade geral do conhecimento das teorias do século, falsificar emoções ou inventá-las, como fazem todos os dias homens e mulheres sem nenhum implante, filhos de úteros ignorantes.

James, na enorme belonave, conferido o encontro, trazia testes para serem respondidos, ou entrevistas. Ele aguardou, papéis nas mãos, talvez um sorriso interior. Justificava visitas, mas James desconfiava, Zinska respondia certas perguntas com displicência, às vezes provocativa. Quando Zinska definiria preferências amorosas, preocupava a Equipe. Sua liberdade no contato e conhecimento de outras pessoas crescia. Poderia ficar apaixonada por um idiota, e por ele influenciada comprometer o controle. Zinska teoricamente livre, toda coação seria perigosa. Depois de discussões nas quais o mais difícil foi nada transpirar, James tentaria uma discreta sedução. Depois, até uma fuga. Embora a Equipe se orgulhasse do alto nível de entendimento dela, o que era um perigo, as concordâncias gerais mal se distinguiam das dúvidas surgidas. James acabou sendo um explícito sacrificado, embora a beleza de Zinska e as finalidades escamoteassem os aprofundamentos.

Zinska surgiu, de longe olhando para ele. Roupa muito simples. James era um artista. Quem tinha formas impecáveis somente cobria a pele. Ou a descobria.

James e os outros se preveniam, o experimentador interferia na experiência. Nenhuma interpretação holística modificaria o paradigma. Eram pássaros invisíveis, continuaram seu voo pelos labirintos do não sei.

Zinska passava os olhos nos papéis e fazia comentários. Estavam sentados em um recanto.

— Parecem habilmente inúteis.

Zinska sorria.

— Habilmente, por quê?

— As perguntas e sugestões, trazem uma leveza esperta, sinal de que... são só um pretexto.

James pegou rápido o papel, leu com atenção:

— Pretexto para o quê?

Zinska olhou a paisagem.

— Pretexto para visitas.

James ia dizer alguma coisa, ela continuou:

— Pretexto para a sua intimidade.

James juntou os papéis, guardou-os lentamente em sua pasta. Levantou os olhos para Zinska. Ela sorria, lábios deslocados um milímetro, os olhos brilhavam, mas não combinavam com o sorriso. Ela apontou a pasta:

— Só li metade...

James colocou a pasta de lado. Com voz calculadamente neutra:

— É a primeira vez que me diz uma coisa tão pessoal.

— Você desmente?

James relaxou um pouco, mostrou um riso construído.

— Eu não posso responder como se fôssemos... — Ele fez um intervalo, ela completou: — Namorados... ou... Há vários nomes...

Ele armava frases mentalmente, mas nada respondeu. Havia um gravador na pasta... e uma dicotomia na cabeça. Queria dizer algo a ela, mas não para a Equipe. O que transmitia para a Equipe também não servia para os outros. Com uma caneta escreveu: "Fique em silêncio. Vou desligar o gravador da pasta."

James tirou o aparelho e o desligou, entregando-o a ela.

— Não é preciso, está desligado.

James guardou-o.

— Nós sempre gravamos... Você sabia?...

Zinska tinha o rosto tenso. Quando respondeu, James teve a sensação de algo desabando.

— Sim, vocês fingiam uma gravação como fingem contabilidades falsas, para não serem...

As últimas sílabas Zinska nem pronunciou.

James concentrava-se para manter um corpo estátua, mas as veias estavam visíveis.

Há um momento em que a roupa desaparece, não mais importam pelos ridículos e o membro exposto. Também palavras são fracas barreiras. Com elos desunidos a corrente das letras nada segura.

Pela primeira vez estavam a sós. Havia silêncio no recanto. Dentro da pasta também. Só as cordas vocais de ambos tremiam com frases contidas nos lábios.

James aproximou-se. Disse em voz baixa, embora não houvesse ninguém por perto:

— Zinska, sempre desejei conversar com você... como agora, ninguém ouvindo... — Pelo tom James não terminara, mas calou-se, constrangido.

— Sim, eu sei.

Zinska parecia não querer ouvir o que ele ameaçava confessar:

— Você sabe... O que você sabe?

Zinska pegou na mão dele, James sentiu-se um adolescente, nem tentou disfarçar.

Ela mudou o tom:

— Faz quatro, talvez mais anos... eu conheço o programa.

Eram muitos os programas, James não sabia o que pensar. Ela disse:

— Desde que Nira morreu, você ocultou algumas gravações na gaveta de aço do arquivo... Às vezes, bem tarde da noite, você ouve... e repete.

James fixava Zinska com olhos bem abertos. Se ela dissesse os números do seu cofre a emoção não seria tão grande. Zinska sabia um segredo que nem as hipóteses mais absurdas poderiam explicar. Zinska viva não atravessaria a cidade, entrando através de portas fechadas, para... Seria então sua psique, um sonho lúcido, leitura da mente...

James ficou de pé. Zinska afastou um pouco a cadeira, olhava para ele em uma estranha expectativa de quem não tem ideia da sentença.

Impossível reconstituir uma torrente entre pedras móveis, bolhas explodindo em outra dimensão.

Zinska não voltou para seu ninho seguro do Instituto. Foi com James, unidos como dois polos de uma bomba, na contagem final.

James fez perguntas. Eram díspares, saltavam no tempo e no espaço. Se alguém ouvisse, sentiria o espanto de James. Zinska sabia. Nem juntando todas as experiências tidas com mulheres desde a adolescência, serviriam de modelo. Ela sabia tudo, de dentro para fora. James nem estava se importando mais com o tom de voz ou com segredos se esparramando. Não era como se despir, nem a intimidade da posse. Zinska ouvira tudo. Palavra, gesto por gesto. James não mais conferia. Cada veia trêmula, ela conhecia, ao mesmo tempo.

Era tarde da noite naquele dia, deitados, vestidos pela metade, os braços enlaçando. Um podia ser do outro, juntos como gêmeos siameses se abraçando a si mesmos.

James, acordado, sentiu algo parecido com outro nascimento. Uma vez, em um hotel nos Cárpatos, abrira os olhos, de manhã, esquecido como viera parar ali, a imensidão branca na janela, elo partido no presente desconhecido. Mas Zinska nos braços não era um vazio, fizeram amor sem limites, vestiram-se, foram para a sede da Companhia. Sem combinar detalhes, justificar a saída de Zinska do Instituto. James era o encarregado. Bastou fingir um plano não descrito. Benson, o Diretor Executivo, estava calmo, aceitando as explicações. Ele acenou uma atividade para James com Zinska. Ela foi ao banheiro, os membros da Equipe seguiram o trajeto com os olhos. Benson ficou esperando Zinska voltar para as argumentações do programa, embora só olhasse para James. No fim da tarde, Zinska e James foram ao estacionamento pegar o carro. Muitos funcionários saíam de mãos dadas. James surpreendeu-se, ele e Zinska também. Gesto banal, há nele um compromisso. Para James, foi uma decisão a sua revelia. Um inevitável pensamento era a cama dominando a noite, os dedos brancos de Zinska pesquisando desejos do seu corpo.

Essa intimidade de amantes, às vezes saltava no consciente de James como inibição repentina. A torrente de pensamentos acompanhando sua libido, lembrava-se que Zinska sabia, adivinhava tudo. A certeza vinha junto com uma... *timidez* dela. O termo não teria cabimento, mas Zinska perguntava coisas ingênuas, fazia também, James não sabia interpretar.

Um *insight* o invadiu. Ele acreditara, ela dera provas, sabia todo um passado de James. Seria sem nenhum furto ou?... Zinska perguntou o que tinha acontecido. James fixou os olhos límpidos:

— Mas você sabe o que eu penso, palavra por palavra... — Ele calou-se, sério, uns instantes e recomeçou: — Diga o que eu pensei, agora.

Zinska, com os olhos úmidos, James, quase ríspido, insistiu. Com lágrimas e hesitações, ela disse várias frases sem nenhuma relação aos pensamentos de James. Ela estava desesperada, agarrou-se a ele soluçando, dizendo coisas entrecortadas, supostamente o pensamento dele.

As brigas no território da nudez, tentando conciliações, deslizam a umidade das lágrimas para a cega excitação do abraço. Os seios de Zinska James apertava no seu peito, os mamilos salgados pelas lágrimas, ele sentia com a boca ávida e a língua exposta. Os gemidos posteriores não eram sofrimento. Dormiram novamente entrelaçados, James com a estranha sensação de uma Zinska desamparada, incapaz de saber o que ele pensava.

Daquele dia em diante ele redobrou sua atenção para interpretar cada palavra que Zinska pronunciava. E observava a segurança intelectual, a inteligência implacável colocada em relatórios, não mais se confirmando, havia erros insuspeitados. Paradoxalmente, em vez de decepcioná-lo, brotava uma ternura, a tentativa de ocultar uma perceptível decadência.

Benson tinha encarregado Zinska de auxiliá-lo em um programa do Instituto. James temeu Benson perceber as deficiências de Zinska. Meia-idade, casado com uma cientista brilhante cujos trabalhos estavam eclipsando suas pesquisas, Benson parecia ter atenuado sua antiga rudeza, tratava Zinska com afabilidade.

Às vezes Zinska era obrigada a trabalhar com Benson ou a Equipe, em horas extras. James ia buscá-la. Zinska contava, animada, detalhes das experiências, sugestões introduzidas nos processos. James notava: pequenos problemas na rotina eram importantes para ela. Ele percebia, Zinska procurava ocultar qualquer deficiência e jamais tocava naquilo que era mais do que intuição. Ela falava de Benson como se fosse um grande amigo de James. Também citava Nira como se tivesse feito parte da Equipe. James tentou esclarecer:

— Zinska, Nira não tinha um contrato com a Companhia, nem fazia parte oficial da Equipe.

Zinska olhou para James, admirada.

— Não fazia parte?... Eu julguei... — Ela calou-se, depois mudou de assunto. Para James era evidente algum engano, por isso insistiu.

Zinska parecia um tanto perturbada, James não fazia ideia por quê. Ela tentou explicar:

— Benson me fala sempre dela. Tive a impressão que fosse assistente... — Zinska hesitou, depois disse: — Julguei-a portando um *chip* "A".

James chegou a rir. Só Benson e os colegas suspeitavam ter um *chip* "A". Zinska acabou rindo, James explicou a complicada hierarquia do processo. Zinska ouviu atenta, disse:

— Ele a tinha na maior consideração...

Zinska parecia ansiosa para mudar de assunto. James captou a insinuação de um caso amoroso. Nira com Benson? Ela caçoava da sua rudeza, o chamava de caipira. *Chip* "A"? Foi difícil para James não voltar ao assunto. A tarefa de analisar as reações de Zinska ele pusera de lado. Zinska "dona-de-casa", ele brincava, parecia as jovens saídas da universidade tomando posse do lar, palavra que todas detestavam. James sentia mudanças no relacionamento com Benson. Se ele estava interessado em Zinska, era compreensível. Havia outros casados na Equipe com mulheres atraentes, e as paixões e divórcios não eram grande novidade.

James, depois do expediente, às vezes acompanhava Benson. Acabavam entrando, tomando às vezes um lanche. James não esquecia um segundo que Zinska, embora ausente com frequência, era a força invisível retendo o grande chefe. Zinska, com uma perfeita naturalidade representada, sempre perguntava de Benson e dos seus mistérios. Na verdade, talvez o chefe fosse mais um confiável repositório. Em muito alto nível a firma era ligada aos interesses financeiros oficiais, e nada podia transpirar.

Já era a quinta vez que Benson convidava James ao seu escritório blindado, simplesmente para conversar. James percebia: Benson preparava algo ou pediria alguma responsabilidade que James começava a temer. O nome de Zinska, naqueles dias era evitado, o que significava seria ela a atingida... ou agraciada.

A antiga vaidade de James, fruto da sua rápida ascensão, estava rôta e frágil. Ao mesmo tempo, embora Zinska, saindo do Instituto como mutante poderosa, estivesse cada dia mais carente, para James ela ainda agia com uma determinação talvez imprudente, mas de resultados em relação às avaliações do Departamento Científico. Benson, no sexto dia, no seu escritório, junto com James desenrolou na mesa a sua estatística eletrônica. James se importou com a longa digressão inicial. Sabia bem, a demonstração não era gratuita nem permitida para um membro da Equipe.

Benson começou a falar na morte de Nira, e tinha a habilidade de abrir o assunto sem demonstrá-lo inteiro. Repentinamente desligou metade da estatística, olhou demoradamente para James, e disse em voz baixa:

— Se tudo continuar a se desenrolar no mesmo ritmo, você teria de anular Zinska.

James teve quase um sobressalto, mas controlou-se. A frase era dúbia e obscura. Justamente nisso ele identificava o significado.

Era um instante crucial. Possivelmente ele e não Zinska estaria sendo julgado. Cada sílaba de sua resposta seria autopsiada no ato.

James tomou uma decisão. Mesmo que tivesse demorado cinco segundos, tinha sido o tempo total da sua vida. Ele nada respondeu nem comentou nem perguntou. Ajudou Benson a guardar a estatística. Olhou o relógio, para significar que estava partindo. E saíram os dois juntos, calados, andando em passo normal até o carro de James. Benson despediu-se na frente da sua casa. O chefe fechou por dentro a porta, sem bater. James deu a partida, subiu o pé direito lentamente, o carro deslizou até desaparecer na curva arborizada.

•

Quando Zinska trouxe o café com leite, James lembrou Benson dizendo:

— Durante sua viagem à Europa, Nira foi ao Instituto muitas vezes.

James comentou:

— Muitas? Ela lá esteve três vezes.

Benson ficou olhando, James perguntou:

— Desculpe, Benson, você já explicou, foi o Dr. Varando que trat...

Benson interrompeu:

— Sim, ele estava com o Dr. Castro, logo apareceram mais dois ou três... Foi uma fatalidade, mas não faltou tratamento imediato...

James ouvira a história dos médicos. Havia uma desculpa, não uma desculpa pela incapacidade deles todos, mas algo inexplicável, ele resolvera simplesmente esquecer. No dia seguinte, Benson estava com bom humor, disse uma piada insípida; avisou James, tinham de ser vacinados. Apontou meia dúzia de funcionários na frente, entrando no setor médico. Dr. Varando com a seringa automática, James colocou-se em posição, logo depois de Benson.

À noite, Zinska apalpou seu braço. Ele sentia febre, mas não colocou termômetro. Zinska só viu homens serem tratados. Não sabia qual vírus controlavam. Iria perguntar ao Dr. Varando. James percebia uma Zinska popular, tomara chá com o médico. Perguntou quando, ela admirou-se com o ciúme... Perturbava James esses desconhecidos compartimentos da personalidade dela. Talvez durante muito tempo a tivesse julgado mais pela lista dos conhecimentos. Talvez um domínio exercido sobre ela, de paternal aparência, tivesse obnubilado seu agudo senso crítico. Talvez estivesse apaixonado por ela e cego completamente. James era capaz de colocar hipóteses e... enfrentá-las ou ser convencionalmente vencido, abraçar o anjo e lhe dizer lugares comuns, o gravador da pasta convenientemente surdo, os mamilos salgados pelas lágrimas, veneno doce nos lábios ansiosos de fome.

James nunca prestara atenção no Dr. Varando e agora tinha curiosidade de saber como era. Por coincidência, ele conversou com James, explicando as últimas vacinas. Logo tocou no caso de Nira, parecia querer esclarecer algo. Os médicos tinham consultórios ao lado de Benson. James lá foi tomar um suco com reforços especiais. Ele mal se recordava, Nira fora auxiliar de Varando e Benson.

James tinha certa implicância pela pronúncia de Varando. Notou que citara Nira bastante. Sentiu um ciúme retrospectivo. A admiração do doutor devia significar mais alguma coisa. Nesse dia, ele não disse mais o nome dela. Com surpresa, James percebia, o Dr. Varando era um homem ardiloso. Essa abertura de compreensão agitava James. Intencionalmente passara um bom tempo deixando de lado a vida dos seus colegas. O clima de prestígio entre a direção, não muito visível, mas ativa, exploradora e amoral, aborrecia James, desinteressado em participar dos comentários sobre os lucrativos mistérios forjados no Instituto, o setor mais importante da Companhia. Lembrava-se agora, com certo desgosto, das brigas com Nira, que insistia em lhe contar o que se comentava fora do expediente. Era provável um sentimento inconsciente de culpa, impedindo de analisar as estranhas circunstâncias que cercaram a morte de sua mulher.

Havia a convicção de que não fora uma gratuita fatalidade. As sólidas provas e as explicações científicas dos médicos eram coerentes, documentadas e definitivas. James aceitara o fato, vindo surpreendê-lo inesperadamente. Com os amigos fora da Companhia, deixava de narrar detalhes. Todos compreendiam, afinal — Nira, jovem e saudável, ser assim atingida, a ciência médica impotente, era perturbador. Inútil seguir deduções, para descobrir o que circulava no entendimento de James. Ele lamentava ter aceitado pacificamente caminhos palmilhados por Nira. James tinha agora a convicção, Nira fora assassinada. Não compreendia o motivo, só lembrava a frase de Benson dita sem resposta: "Se continuar assim, você teria de anular Zinska."

Nem um esforço doloroso seguiria as circunvoluções de James, com palavras diretas. Vivemos principalmente das metáforas. E por elas morremos.

De família com poucos recursos, James pusera no estudo concentrado o alvo do sucesso. Sua visão analítica acordara de repente. Nira assassinada, Zinska desmascarando a ilegalidade por ele aceita... Anular Zinska, significava a Equipe inteira o acreditava capaz de tudo. Na cama, com Zinska, pela primeira vez não estava excitado, nem viajando no antecipado prazer de abraçá-la. Perguntou de chofre:

— Zinska, você não está mais conseguindo saber... mesmo que não lhe digam?

Zinska olhava fixamente para ele. Mesmo não mais adivinhando pensamentos, havia o tom de voz, a fisionomia cansada de James. Ela disse, devagar, com alguma hesitação:

— Não, James, não tenho sido capaz de saber mais nada...

Zinska tocou no braço de James, estava com o rosto ansioso.

— Pela minha vida, não conte a ninguém...

Ela parou, disse algo ininteligível... James sentiu pena, parecia uma criança implorando. Ele respondeu que jamais comentaria, a ninguém. Zinska inclinou-se, beijou-o no rosto. James estava bem perto dela, sentia o perfume da sua pele, mas não a tocou.

Ele deitou-se, fechou os olhos e não pôde dormir. Sentia-se parado em um túnel em trevas e não conseguia nem imaginar como sair e o que faria.

•

Os jornais da manhã anunciavam o projeto de uma comissão de inquérito para analisar as verbas obtidas por grandes companhias para duvidosas pesquisas genéticas.

Benson pediu a James sua ajuda na pesquisa mantida no pequeno laboratório dentro do seu próprio escritório. James assinou a opção amarela. Eram assim chamadas as que implicavam em certo risco e exigiam concordância específica. James conhecia cada gesto, cada entonação pausada de Benson. O chefe dispensou seus dois auxiliares. Essa discriminação era pacificamente admitida. As experiências implicavam produtos valiosos, só manipulados pela Equipe. Com o macacão impermeável e a grande máscara, James cumprimentou o Dr. Varando, também paramentado, e fechou a porta de aço. Essa parte do Instituto, cercada com duplas paredes de cimento revestidos de plásticos incombustíveis, tinha poucos funcionários, todos com a pesada máscara. James prestou atenção nas primeiras palavras de Benson e Varando. As instruções se ajustavam. Embora ainda não lhe consultassem, ele já assinara o "amarelo". James tinha pensado rapidamente, recusar o mergulho em uma decisão ainda não repetida, mas já anunciada. Passou-lhe pela mente o quanto tinha sido ingênuo e irresponsável na primeira vez. Não o seria agora.

Horas depois, sozinho na toalete, James arremessou o macacão no incinerador. A minúscula partícula protegida, pronta para atingir um alvo, ele colocou lentamente no bolso interior da sua jaqueta. Benson não hesitara em repetir, diante do Dr. Varando, o nome de Zinska.

Ele voltou para casa um pouco mais cedo.

Zinska lhe entregou a xícara, com a dosagem exata do café com leite. O pires tremeu em sua mão. Ele disse:

— Zinska, quero conversar a coisa mais séria...

Ela estava em lágrimas, agarrada a James. Ele mostrou o minúsculo aparelho, foi claro e direto:

— Benson me ordenou: até amanhã, às seis horas, com isto eu tocaria sua pele. O resto os médicos resolveriam.

Zinska tinha enxugado as lágrimas. Estendeu a mão e segurou a pequena arma. James tentou impedi-la.

— Cuidado...

Zinska não a soltou.

— Vou usá-la em Benson.

Cada cérebro tem suas próprias associações. James e Nira, um ano atrás, em Santiago, no décimo andar de um hotel, faziam planos de manhã para onde iriam. James, ao lado da cama, caiu no chão repentinamente. Não era um desmaio. Era um terremoto. Milhares de mortos, as paisagens, as pessoas, os pensamentos, os planos, o futuro... e a morte impondo caminhos antes nem sequer cogitados.

Agora, não havia terremoto, simplesmente um almoço comemorando algo. Muita gente convidada. Todos sentados próximos, mulheres tímidas roçando cotovelos provocativos, muitos talheres e copos diversos para as bebidas. Discursos elogiosos. Não por coincidência, sentados lado a lado, James, Zinska, Benson, Varando, discutindo vinhos preciosos e decretos favoráveis, James ouvia o ruído do tráfego pesado trinta andares abaixo, ele enchera os copos, mas só bebia goles do belo vinho cor de sangue. Em Santiago milhares desapareceram no terremoto. Não havia o que fazer. Zinska guardara o pequeno aparelho. Todos os pensamentos habitando futuros foram deletados, sólidos arquivos perdidos. Do outro lado da mesa, a mulher de Benson tentava dizer algo a James, ele sorria, fingia estar ouvindo. Havia uma orquestra. O som, junto com gritos, ensurdeceu a todos, de pé, abraçando as mulheres, tentando dançar. Não havia espaço. Todos falavam ao mesmo tempo e bebiam dos copos enfileirados.

No dia seguinte, o Dr. Benson acompanhou o chefe de polícia no IML, para identificar um corpo. O inquérito estava encerrado, três médicos assinaram o atestado de óbito: suicídio. Ambos conversavam outro assunto. A Assembleia Geral da Companhia ia ser encerrada. Os prognósticos indicavam Dr. Benson como o novo presidente. Ele achou que não seria ético assistir à votação final. Esperava em um pequeno apartamento, no centro da cidade.

Quando o celular tocou, ele deu um salto e gritou:

— Diga o resultado!

Uma voz calma respondeu:

— Um Presidente precisa ter controle.

Benson gritava, levantando o braço com o fone. A voz continuava...

— ...O americano pediu demissão... como eu disse...

Benson interrompeu:

— Incrível, isso jamais pensei que podia acontecer...

Também foi interrompido:

— E quando me nomeia para o seu lugar?

— Calma, meu bem, daqui um mês, quando voltarmos dos Estados Unidos... — Quase sem interrupção Benson continuou: — Tenho de interromper, preciso fa...

Do outro lado, Zinska desligou mais rápido... e teclou o número do doutor Varando.

FROM VERÔNYKA VOLPATHO

Ele subiu a escada.

Bateu na porta, como sempre. Ela abriu. Ele a abraçou.

— Verônyka deu a?...

A pergunta não era para ser respondida.

Ele tirou do bolso um envelope.

— Ida e volta... dois dias. Você tem de ir comigo.

Ela pegou passaportes e passagens.

— Buenos Aires...

— Precisam...

Ela devolveu tudo. Apontou o passaporte:

— Você inventou esse nome, "Jessica"? Não gosto.

— Também não gosto de "Guilherme". Você já sabe o que faremos... Guilherme?

— Não, Jessica. Saberemos lá.

Nas alfândegas não houve problema. Só tinham bagagem de mão. Nenhum creme, nenhum líquido. Os passaportes, perfeitos. Conversavam em espanhol.

O tempo bom, desceram em Buenos Aires de mãos dadas. Luz verde, passaram rapidamente. Tinham de identificar a espera. Andaram devagar, na sala apenas meia dúzia de cartazes. Jessica olhava atentamente.

— Existem dois cartazes, você notou?

— Sim, vou mostrar o celular.

Ele pegou o aparelho, passou os olhos pela sala.

— Veja: "William e Jéss."

Um senhor de idade segurava o outro cartaz: "Guilherme e Jessica."

Ela sussurrou:

— Vamos para lá.

Era uma senhora, levantava acima da cabeça: "William e Jéss."

Antes que falassem, pediu:

— Posso ver os passaportes?

Guilherme entregou, ela examinou com calma, só disse:

— O meu Jessica não tem acento.

Os três saíram juntos. O homem com o outro cartaz tinha desaparecido.

O carro era uma *van* confortável.

Guilherme fez um sinal para Jessica, sentou-se na frente, para conversar com a motorista.

Ela dirigia com prudência. Entrou em ruas estreitas, não havia ninguém seguindo. Guilherme perguntou:

— A senhora falou com Vero?

Ela, com um sorriso:

— Sou apenas motorista... Só falei uma vez com Evita, eu era criança...

Guilherme riu, talvez nem tivesse idade para conhecer Evita, era uma piada. Guilherme falou da cidade, tentou obter algo, mas foi inútil.

A *van* entrou rapidamente no estacionamento de um *shopping*. Os três desceram, entraram em um corredor e logo em uma loja com vitrine. Ficaram olhando a porta de entrada.

Ninguém. Saíram por outro corredor, tomaram um velho carro preto e partiram.

Foram até os subúrbios, entraram pelo portão de um grande barracão. Era uma garagem.

Subiram uma escada, a motorista abriu uma porta, foi sentar-se atrás de uma escrivaninha, Jessica e Guilherme em um sofá. A motorista colocou um papel na mesa.

— Vocês terão de falar com o Capitão, hoje.

Jessica olhou para Guilherme, e ele disse:

— Sim, se nos levarem onde está.

Ela estendeu o papel para Guilherme.

— Este hotel está reservado. Só falem espanhol.

A motorista levantou-se. Em baixo um táxi esperava. Não disseram uma palavra. O carro partiu e os deixou na frente de um quatro estrelas. Um porteiro fardado abriu o carro. Não havia malas. O motorista partiu. Em nenhum momento mostrara o rosto de frente.

Assinaram as fichas, subiram até o décimo andar. Estavam no centro e o barulho incomodava. Jessica fora ao banheiro, agora olhava pela janela.

— Vivemos aquele "agora" que você ama tanto.

Guilherme, sem paletó, abraçou-a por trás, beijou seus cabelos. Ela não se moveu.

— Não sei por que buzinam tanto nesta cidade.

— Posso fechar a janela?

Fazia uma brisa fria, ela sacudiu a cabeça dizendo que sim. Ele a puxou até a cama, sentaram-se lado a lado. Ele aproximou o rosto para beijá-la, ela se afastou um pouco.

— Não, Guilherme, não quero fazer amor agora...

Ele custou a responder:

— Ainda bem.

— Ainda bem, por quê?

Ele sorriu, não queria aborrecê-la.

— Não sendo agora, resta um tempo enorme... para eu... fantasiar.

— Guilherme, você esquece que eu estou aqui com você, uma cidade inteira lá em baixo e eu não sei absolutamente nada o que viemos fazer... Espero que não seja como em Paris.

Guilherme afastou-se um pouco, recostou-se no travesseiro gordo.

— Vamos transportar qualquer coisa... Pequena, rotina, não creio que haja complicações... Na pior das hipóteses, talvez multas... Não teremos de pagar.

Jessica, séria, depois um sorriso despontando, falou:

— Vamos levar planos do Hendrick Casimir, talvez a máquina?

Ele riu:

— Suas piadas são difíceis...

Ela recostou-se no outro travesseiro, um pouco longe dele.

— Todos estes dias eu estava com vontade de conversar com você, mas... não em Buenos Aires.

— Por que não aqui?

— Somos Alice atrás do espelho. O agora inesperado, motorista que não cobra, não fala...

Ele interrompeu:

— Ótimo, é um sonho: o taxista paranormal, nem se diz para onde vamos...

— Está bem, Guilherme, tenho ânsias de dizer seu nome, mas não vou. Se Freud não existisse...

O telefone tocou. Guilherme fez um gesto, disse "*estás bien*".

— Para onde?

Guilherme levantou-se.

— Vou enfiar uma gravata, até crianças usam aqui.

Colocaram óculos com reflexo. Desceram pelo elevador de serviço. Andavam lado a lado sem se tocarem. Pararam diante de um edifício. Subiram pelo elevador. Ela desceu no oitavo, ele no décimo. Tocaram a campainha do 203. A porta abriu-se, um senhor forte abraçou Guilherme. Foram para uma sala, teto e até a janela cobertos por uma tela de metal.

— Contra... interferências?

O senhor sorriu.

— Coisa antiga. Hoje tenho de matar as moscas, podem estar gravando...

O senhor foi até a outra sala, voltou com uma pasta. Abriu: havia papéis, plantas, circuitos impressos e uma caixa com *chips*. Estendeu-a para Guilherme e Jessica.

— A escrita está criptografada. Há outros tipos de precaução.

Jessica passou os olhos em tudo e entregou o material a Guilherme.

— Daqui, para onde?

O capitão:

— Das seis maneiras, escolhemos um comandante de 737, rotas variáveis.

O Capitão calou-se. Guilherme começou a falar. O Capitão interrompeu:

— Sim, é um caso raro e clássico.

Jessica disse:

— Está tudo explicado.

Conversaram generalidades por mais cinco minutos. Voltaram a pé para o hotel.

O avião partiria às 08h00 da manhã. No *shopping* compraram roupas e duas malas pequenas.

Ambos não mais saíram do hotel até a hora do embarque. A televisão, medíocre, Jessica desligou. Guilherme disse:

— Você pode me falar agora, eu... sei que deveria ter combinado com você antes.

— Sim... deveria. Você disse dois dias na Argentina e sabia que não era só isso.

Ele a interrompeu:

— Eu amo você, Jessica. Tive medo de que... nem sei justificar.

Ela olhava de maneira neutra.

— Essa palavra é o lugar comum das desculpas. — Ela falava afastada. — Vamos deixar para depois. O Capitão insiste no argelino... ou você...

— Não, Jessica, ir para Miami, lá receber o material, significa o contrário, como em Paris.

Projetar futuros era inútil. Deitaram-se lado a lado. Ele tentou apertá-la, Jessica já estava dormindo. Foram acordados na hora, o táxi a espera.

O capitão entregou-lhes documentos e dólares. "Falem francês, adeus para sempre."

Depois de instalados, o avião decolou. Jessica disse:

— Você notou algo?

— Não.

— As instruções de... emergência.

— ...Quase não presto atenção.

Jessica olhou muito pela janela.

Sacudiu Guilherme.

— A altitude me parece baixa.

Voaram mais duas horas. Os alto-falantes deram sinal, a voz do comandante anunciou:

— Em razão do mau tempo e tempestades em formação, fomos obrigados a desviar da nossa rota habitual. Vamos fazer um pouso, dentro de cinco minutos, para reforço do nosso combustível. Por favor, coloquem os cintos e ponham as poltronas na posição vertical. Muito obrigado.

Ambos obedeceram. Guilherme parou a aeromoça que passava e lhe fez perguntas. Ela prometeu transmitir ao Comandante.

Jessica nada disse.

Olharam para os lados. Os poucos passageiros estavam em seus lugares, os tripulantes visíveis sentados, com os cintos de segurança.

Guilherme olhava atentamente pela janela, falou em voz mais alta:

— Jessica, Jessica, temos a confirmação, veja, a montanha...

Nesse instante as rodas tocaram o solo, não muito tranquilamente. A pista era mal-feita, deslizaram por um asfalto mal-conservado e entraram em uma continuação de terra batida. O avião desviava-se para ambos os lados, os motores rugiam tentando anular a velocidade da descida. Jessica e Guilherme inclinaram-se para a frente se protegendo, a velocidade foi diminuindo até a aeronave estacionar no meio da pista de terra. Dois prédios tinham ficado para trás. Havia confusão, passageiros moviam-se para a saída, outros tiravam suas bagagens do alto, vestiam agasalhos, como se temessem algum perigo.

Dois ônibus pararam ao lado do avião.

A escada vinha sendo rebocada por uma caminhonete.

Jessica e Guilherme caminhavam na fila. A escada balançava, todos desciam lentamente.

Muitos se apertaram, ao lado do motorista do ônibus, em direção aos dois prédios. Era difícil conter a excitação. Guilherme apontava a enorme e bela montanha no oeste.

Jessica repetia:

— Kalanga...

O ônibus parou. Os dois foram os primeiros a descer. Uma senhora alta vinha correndo em direção a eles.

— Ursula, Augusto...

Os três se abraçaram ao mesmo tempo, falando francês. Um carro prateado estacionou ao lado. Um homem alto, louro, gritava:

— Augusto, Ursula...

Os dois nem se importaram com os passageiros. O carro prateado levou Augusto e Ursula, mais a senhora alta, diretamente para o povoado, atrás dos edifícios do pequeno aeroporto.

Chegaram até uma casa ampla com terraço de frente para a montanha. Pessoas circulavam ao redor de Augusto e Ursula, umas conhecidas, outras demonstrando alegria. Algumas falando espanhol, os mais velhos, inglês.

A dona da casa arrumou a enorme mesa, trazendo coisas da cozinha, alguém abriu uma garrafa de vinho tinto.

Ursula foi ao terraço, chamou Augusto, apontando a pista distante. O avião taxiava, parecia manobra para decolar.

Augusto olhou longamente, Ursula também. Ambos em silêncio acompanharam o trajeto do avião se preparando. Um dos ônibus tinha parado ao lado e passageiros esperavam a escada ser colocada para subirem. Augusto olhou para Ursula.

— Ainda dá tempo.

Ursula custou a responder:

— Sim, ainda dá tempo. — Olhou para Augusto, disse: — Você me traz uma taça de vinho?

Augusto, sem pressa:

— Sim, eu vou buscar.

Os outros, simpaticamente, deixaram os dois a sós, olhando a partida.

Bebiam pequenos goles. No aeroporto uma forte sirene deu três longos toques. Daí a alguns minutos, repetiram o aviso.

Augusto e Ursula tinham um último gole nas taças. Esperavam. A sirene gritou mais uma vez, o avião começou a se deslocar na pista, eles beberam ao mesmo tempo o gole definitivo.

O avião, repentinamente, deu um salto para cima, escapou do asfalto esburacado, quase na vertical foi atravessando as nuvens baixas, deixando um risco branco marcando na distância um adeus sem volta.

Augusto, abraçando Ursula pela cintura, voltou para dentro, onde estavam todos.

Um velho, com a garrafa de vinho na mão, sorriu para eles. Tinha um significado. Ambos acenaram de leve a cabeça e estenderam o copo. A mão trêmula serviu com cuidado. O gargalo batia na borda da taça, o som parecia de um sino longínquo. Alguém, talvez uma criança, começou a bater palmas e todos acompanharam, também Ursula e Augusto.

Ninguém falou, mas sabiam o porquê de tudo. Havia um clima de festa provinciana muito tranquila. O homem louro e a senhora alta tinham saído. O velho que abrira o vinho contava uma velha história de náufragos surgidos na ilha. O tempo passava, alguns riam, muito relaxados. Ursula levantou-se, foi até o terraço, chamou Augusto com um sinal dos dedos. Ele foi, levando o copo de vinho. Ursula estava no ângulo de onde se via quase todo o aeroporto.

Caminhões enormes na pista, máquinas de terraplanagem circulavam rapidamente. A paisagem modificara-se. Desapareceram os dois edifícios do lugar primitivo, movidos para o meio da pista com asfalto. O cinza do solo agora mostrava árvores e um trecho verde de grama. As máquinas grandes já estavam saindo do local, iam em direção à montanha. Os caminhões também. O aeroporto não mais existia. O velho sorria, parecia se divertir com aquilo. Disse:

— Todos os voos estão atrasados permanentemente...

Ursula riu alto, Augusto engasgou-se com o vinho. Com a grossa voz rouca o velho estava imitando a voz fina das locutoras de aeroportos. Ele apontou na direção.

— Agora, nem um helicóptero vai descer ali.

O homem louro tinha voltado, disse que os hóspedes deveriam estar cansados e os levariam para casa. Houve despedidas rápidas, Augusto e Ursula entraram no carro prateado. Na frente ficou a senhora alta. Estacionaram em uma rua cheia de árvores, no fim da cidadezinha. Havia uma construção pequena, também de frente para a montanha. A senhora alta abriu a porta e mostrou a casa. Estava toda mobiliada, a cama de casal com os lençóis. Na geladeira, alimentos.

Sentaram-se na pequena sala. Pela janela ampla avistavam-se nuvens brancas cobrindo os altos picos.

O homem louro disse:

— Amanhã, não precisa ser muito cedo, nós iremos para o subterrâneo.

Ursula lamentou:

— Que pena, pensei dominar a montanha, desta vez.

A senhora comentou:

— Não, não. Lá em cima há bastante neve. A escalada, muito escorregadia. Desta vez você está proibida, sofremos demais aquela vez.

Augusto, brincando:

— Ursula julga Kalanga tão fácil como o Himalaia...

Ursula riu, mas não respondeu.

Houve despedidas comovidas, Ursula e Augusto marcaram a hora exata para o dia seguinte.

Andaram pela casa, abriram a geladeira sem nada experimentar. Tomaram banho juntos, mas Ursula não deixou Augusto abraçá-la.

Depois, ficaram os dois na janela, esperando ver a neve brilhar no alto da montanha, se as nuvens fugissem.

— A tarefa delas é ficar ali...

Augusto foi para a outra janela, via-se o local onde pousara o avião.

— Talvez sejamos peças de um jogo virtual, cada um com um papel, ninguém escapa.

Ursula deu as costas à paisagem, olhou para Augusto.

— Isso é quase uma fuga daquilo que você pensa. — Augusto sorriu, era uma anuência. Ela continuou: — Você se recorda naturalmente, me pediu até em casamento...

Ele aproximou-se, deu uma olhada para a montanha, as nuvens tinham aumentado.

— Você gosta de repetir a piada. Não teria padre, igreja, era...

Ela interrompeu:

— Exatamente o que temos feito... Menos o filho, que...

Ele colocou a mão na cintura dela, beijou-a nos cabelos. Ursula o empurrou lentamente com a mão direita. Augusto não insistiu, afastou-se devagar. Queria a concordância da pele nua soldando veias, o prazer engolindo palavras... Perguntou:

— Você falou em limites, fiquei preocupado.

— Não, Augusto, agora não. Estamos aparentemente calmos, relaxados. É só a prática...

— Temos expectativas, é claro, mas...

Ursula o interrompeu:

— Eu julgava que poderia discutir com você, argumentar, porém...

Ele fez um sinal com a mão direita, queria um aparte.

— Ursula, esse começo ouvi tantas vezes, sei a conclusão. A verdade é você na liderança, mesmo quando minha função indicava o contrário... Sempre confiei nos momentos perigosos, e sobrevivi. Em Paris...

Ela estendeu as mãos.

— Não, nem uma palavra sobre Paris, eu não quero.

Ele foi até a janela, metade da montanha desaparecia invadida pelas nuvens. Augusto fechou os vidros, a neblina começava a invadir a sala. A sirene, lá em baixo, deu cinco toques curtos.

— Cinco toques, você sabe o que é?

— Não, não sei.

Ficaram em silêncio, esperando.

Ursula tinha uma ruga na testa. Augusto disse:

— Quer conversar sobre o filho?

— Não, Augusto, acho que amo você porque é ingênuo, escolhe quando as nuvens inundam este abismo... e estamos na borda.

Ele pôs a mão no vidro opaco de umidade. Fazia frio. Luzes fracas iluminavam a calçada. Ele riscou linhas concêntricas na vidraça:

— Você gostaria da vida que... sua irmã vive?

Ursula riu.

— Você não percebe que não há mais nada, mais carta nenhuma que possa mudar o jogo?

Ele sacudiu a cabeça, em negativa.

— Ursula, somos nós, especialmente nós, que tentamos mudar o jogo.

— Sim, Augusto. Por isso mesmo, olhe para fora. Kalanga desapareceu. Vamos dormir, nós dois, estamos sós.

Morderam uma fruta e beberam algum leite. Ficaram nus debaixo das cobertas, abraçados, muito tempo. Depois, excitados, fizeram amor, lentamente. Ambos tiveram um orgasmo, quase silencioso, quase doloroso, e dormiram.

Talvez houvesse gelo se derretendo na vidraça, o sol da manhã punha riscos coloridos nas paredes, arco-íris mal nascido, sem força para o círculo mágico.

— Pensei que estava sonhando.

— Alex, não mergulhe, não mergulhe...

Augusto ergueu a cabeça, devagar olhou para Ursula, os olhos cheios de lágrimas.

— São raras as lágrimas em seus olhos... Estava sonhando?

Ursula olhou para a parede onde as sombras tremiam.

— Não sei, nem procuro lembrar meus sonhos.

— Você me chamou exatamente como me chamava há cinco anos atrás.

Ursula sentou-se na cama. Um raio de sol, através do gelo, projetou o seio direito na parede.

— Não quero relembrar o passado. Para mim são cadáveres... inúteis.

Augusto levantou-se nu, mesmo com o frio, foi assim ao banheiro. Ursula olhava as sombras escorrendo. A sirene deu quatro toques curtos.

Augusto voltou.

— Quatro toques, você lembra?

— Não, não lembro.

— Passamos tanto tempo imaginando a decisão, o subterrâneo. Você não quer falar...

Com os dois braços erguidos, a cabeça sacudindo "não", Ursula saiu do quarto. Quando voltou, Augusto disse:

— Há uma opção, você não quer?

— Não, Alex, estamos na borda, não há mais nenhuma carta no baralho.

Ela foi até ele e o abraçou com força, o rosto aninhado no pescoço.

— Ursula, você me chamou de Alex...

Ela desprendeu-se, surpresa.

— Não, Augusto, você deve ter sonhado...

— Não sonhei, você falou, tenho certeza.

— Augusto, jamais cometi esse lapso, você...

Ele a interrompeu:

— Sim, querida, é tolice minha, agora me lembro, foi sonho...

Vestiram-se com toda a calma, o carro viria buscá-los, não precisariam de nenhuma bagagem.

Ursula saiu para o pequeno jardim. Olhou para o alto com os braços abertos.

— Augusto, veja... Kalanga.

Augusto saiu depressa, abraçou-a de lado. Os dois picos da montanha cintilavam em cores. O sol explodia o branco da neve, um fino nevoeiro punha um arco-íris na testa da rocha.

Ambos, estáticos, choravam pelo sol, pela poderosa imensidão inacessível. O carro prateado estacionara na frente da casa. O homem louro também lacrimejava por baixo dos óculos escuros.

Os três, juntos, assistiam as cores afundarem no branco, nuvens envolverem os picos agora invisíveis.

Os três entraram, iriam comer alguma coisa. Não falavam. Sentaram-se nas cadeiras ao redor da mesa, na cozinha. Augusto preparava o leite em pó, Ursula permanecia com os cotovelos na mesa, olhando além da janela opaca de umidade. O homem louro mascava o pão aquecido pelo forno. Com voz rouca, disse:

— Descer comigo já é uma decisão. Depois...

Ele interrompeu o que ia dizer. Ursula pediu o leite na xícara de porcelana. Augusto abria o forno a todo instante, para não queimar o pão. O senhor louro disse:

— Ouviram os quatro toques da sirene?

— Sim, é claro, mas não sei...

— Mudamos o código, quatro indica o mais perfeito...

Ursula e Augusto pareciam interessados na quantidade exata da manteiga na torradinha. A rotina é o trilho garantindo futuros. Quem se atira de paraquedas, faz uma longa e antecipada rotina. Mesmo quando no ar, os dedos se preparam para acionar a abertura, enquanto o planeta vai subindo, para lembrar que não somos pássaros.

Quando entraram no carro prateado, Kalanga era um monstro anão, aniquilado pelas nuvens. O carro entrou em uma estrada quase invisível, cercada de árvores e cheia de curvas, em direção às rochas, patas apoiadas no vale desde milhões de anos.

Chegaram a um vasto barracão, aparentemente abandonado, coberto de pó, com longas placas de zinco como telhas. Dentro, velhas máquinas agrícolas imprestáveis. O carro prateado ficou do lado de fora. Os três uniram forças para empurrar o grande portão. O pé direito muito alto, havia aberturas com vidraças sujas. A visão era razoável. O homem louro, andou na frente, com cuidado para não encostar na poeira. Chegaram até uma enorme escavadeira. O homem louro subiu na ampla cabine de controle. Apertou botões e uma pequena alavanca. Toda a parte da frente da escavadeira, cuba de metal repousando no chão, começou a levantar-se lentamente. Subiu uns dois metros e parou. No chão onde repousava, havia uma abertura larga e uma escada de alumínio. Duas lâmpadas iluminavam em baixo.

O homem louro disse:

— Vocês andem cinquenta metros, serão recebidos. Tenho de voltar daqui.

Augusto o abraçou, Ursula também. Ela começou a descida, devagar, para não levantar pó. Augusto foi imediatamente atrás. A enorme cuba já se movimentava com um barulho rascante, cobrindo a entrada. Avançaram devagar. A caverna, retangular, parecia um esconderijo secreto de armas. Nos quatro lados havia centenas de velhos fuzis enferrujados, alguns tombados no chão. Metralhadoras de grosso calibre mal se distinguiam. No canto direito a parede era coberta com grossas tábuas unidas, havia centenas de suportes e pregos. Também em péssima conservação, revólveres pendurados, cantis de alumínio, cintos, mochilas, bolsas de couro com munição.

Armas inúteis, completamente fora de uso.

Ursula e Augusto andavam devagar. Ficaram parados diante das tralhas penduradas. Recuaram um pouco quando um estalido forte colocou um tremor nas carabinas. Por uma estreita fenda, a estrutura de madeira subia lentamente, abrindo uma passagem larga. Do lado de lá, chão, paredes e teto brancos, uma luz forte ofuscava. Duas mulheres e um homem sorriam, do outro lado. Ursula e Augusto, antes da madeira subir completamente, abaixaram-se e passaram para o outro lado.

O homem de curtas barbas negras adiantou-se.

— Alex, que bom vê-lo de novo. — Ele batia forte nas costas de Alex, depois, sorrindo: — Alice, de Paris, eu queria conhecê-la... — Tinha se desprendido de Alex e abraçava Alice.

— Você é Zarcov, tenho certeza.

— Só Alex me chama assim, sou Stephan...

As duas mulheres foram apresentadas, eram assistentes. Caminharam lentamente até uma porta de aço. Os cinco entraram.

Zarcov tocou um mostrador iluminado, cheio de ícones. Começou a descida lentamente, depois a velocidade aumentou. O piso se inclinava, acompanhando curvas. Zarcov se desculpava por falar tanto, queria saber sobre os bombardeios. Quando a cabine parou, todos ficaram satisfeitos, as curvas produziam um leve enjoo.

Os cinco caminhavam em um corredor circular verde claro.

— E os outros, quando vamos encontrá-los? — disse Alex.

Stephan respondeu:

— Estávamos ansiosos, principalmente o Velho...

— Sim, vamos direto para os iniciais.

Chegaram até uma porta muito grossa. Stephan pousou os dedos em uma placa, Alice perguntou:

— Ainda pela piscina?

Era o único caminho, estreito e longo. Continuaram. Passaram nas duchas. A temperatura era fresca, o ar mais leve. Em uma sala havia poltronas.

Nos dois lados, compartimentos.

Stephan manobrou no interior.

Alice olhou para Alex e para Zarcov.

— Agora?

Stephan fez um gesto.

— O Velho virá amanhã, com toda a equipe. — Zarcov sorriu. — Bem, vocês não são os primeiros... — fez uma pausa — desde Paris...

Alex olhou para Alice, ela estava sacudindo a cabeça.

— Não, por favor, vamos tratar... coisas objetivas.

Zarcov fez sim com a cabeça, marcou a hora do dia seguinte.

Alice acrescentou:

— Fale com o Velho, sem comemorações.

Zarcov foi saindo da sala. Os dois ficaram sós.

Em frente, na parede opaca e rugosa, uma tela.

Alex virou-se para Alice.

— Vamos sair por ali.

Alice levantou-se, tirou o esparadrapo que cobria uma picada. Pegou uma bolsa e ficou esperando. Alex abraçou-a e atravessaram a tela. Continuaram andando por um longo corredor.

Estavam emocionados. O Velho não aparecera, viria no dia seguinte.

Estavam no ponto final. A porta de aço deslizou, eles entraram. Era um corredor ondulado. Chegaram ao fim. Uma chapa de metal cobria um orifício fechado por veludo. Da chapa um transmissor com voz grave fez vibrar o tecido:

— Alice, Alex, sejam bem-vindos. Se eu estivesse no subterrâneo, abraçaria vocês agora. Para todos, sua dedicação e seus trabalhos serão inesquecíveis. Esta fase está no fim. Os contatos serão desligados. A criptografia também. Mas jamais interromperemos a implantação dos objetivos. Alcançamos, finalmente, o Intervalo. Em Paris, a herança de Alice está legalizada. Desfrutem a pausa, onde e como quiserem. O último contato sempre permanecerá. Serão felizes, é muito mais do que um desejo.

Conhecidos vieram tocá-los, falando ao mesmo tempo. Todos se dirigiram para os grandes elevadores e o subterrâneo pareceu enterrar-se nas profundezas, eles recuperavam a superfície. A viva nave e o céu azul... O mundo de todos... e de ninguém, para todos.

Foi lento saírem da ilha, pelo outro lado, como turistas ou pescadores. Alex e Alice ansiavam voltar a Paris, morar de novo na metrópole, anônimos. Foi estranho regularizarem seus papéis, alugarem um apartamento nos subúrbios mais tranquilos. Alice ria da curiosidade dos outros, contava verdades cotidianas, que eram agora as reais, mas muito parecidas com as despistadoras manobras antigas. Alex gostava de andar pelos velhos bairros seus conhecidos. Atravessava pela Rua Pasteur sempre, longe da calçada do velho antiquário dos relógios. Era impossível passar por ali sem o coração bater um pouco mais forte. O último contato. Precaução desnecessária — mesmo de longe, não olhava para o interior da loja, a sofisticada porta de cristal fechada. Quando Alice passava com Alex, apertavam as mãos. Conversavam assuntos distantes, nenhum gravador fixaria, nem o brilho na testa de Kalanga... Alex jamais fora um alpinista, como Alice, nem amador. Ela, presa entre os buracos das nuvens, sem apoio na rocha... Alex, inexperiente, tentava escapar dos que o seguravam para impedir uma inútil trágica subida.

Alex reabriu a sua livraria de raras e antigas edições. Contratara dois jovens estudantes e se admirava como, de vez em quando, velhos clientes o reconheciam e conversavam, entusiasmados com suas coleções. Às vezes Alex sentia um sobressalto interno: o local, os livros, a conversa, tudo era falso; ele não era um livreiro, não se chamava Alex, e, atrás da última prateleira da direita, havia uma saída secreta para o porão. Essas imagens se congelavam na memória, talvez nem durassem mais de um segundo.

Voltava a reconfortante certeza, liquidando a alucinante lembrança. Alex sorria, para si mesmo: a última prateleira à direita, estava pregada na parede. Nem porão havia na casa e os livros eram legítimos exemplares esgotados, com preços razoáveis e até vendiam bastante. Alex comentava com Alice, sorrindo, talvez temesse suas lúcidas posições. A livraria era legítima, mas ele não era um livreiro, nem Alice simplesmente sua esposa convencional.

Ela não o criticou lembrar a saída oculta. Disse, levemente irônica:

— Alex, atrás de todas as prateleiras de Paris existe uma saída secreta, durante meio segundo...

Eles costumavam ir juntos às feiras e supermercados. Ela falava mais e perguntou a ele por quê.

Alex custou a responder. Antigamente, as conversas eram quase as mesmas, ele falava bastante, ria, até contava as piadas mais novas. Alice não ria das piadas, mas da perfeição, os trejeitos, o fim irônico. Alex representava, escolhia até piadas de mau gosto. Achava útil a imitação. Nenhum investigador desconfiaria de um contador de piadas. Ser quase ele próprio agora, ainda lhe dava a impressão de estar fingindo. Quando fazia a barba ou penteava os cabelos, não olhava o conjunto. Era perturbador um rosto manobrado por dentro, olhar no reflexo do espelho e encontrar uma expressão diversa daquela foto, rasgada um dia em pedaços, embora atrás da simbólica violência, admirasse o olhar agudo, o queixo forte, os lábios na intenção de sorriso, transformado em quatro pedaços dissolvidos em memória.

Ele invejava Alice. Inveja admirativa sempre, quando contava as montanhas que ela colecionava, estranha ânsia de alturas, vencer gelo, rochas, nuvens tapando paisagens e mais nada.

Alice negava ser natural, parecer ela mesma para os outros.

— Você está enganado, Alex. Eu não sou o que pareço. Só pareço...

Estavam perto da Rua Pasteur. Ela olhou para ele, Alex ficou imóvel, algo parecia diferente.

Ela se aproximou bastante.

— Acho que estou grávida.

Alex sentiu os olhos úmidos. Detestava essa reação, surgida às vezes por coisas muito simples e que era incontrolável. Eles estavam juntos, ele levemente encostado nos cabelos soltos de Alice. Continuava segurando o braço nu, ela percebeu, ele tremia. Ambos continuaram em silêncio.

Não era somente filho, ou filha. Pessoas passavam a uma certa distância. Eles recomeçaram a andar. Ele enxugou os olhos. Não havia o que dizer. Por aquele momento já tinham falado milhares de palavras. Andavam rapidamente, embora não tivessem pressa. Eles jamais saberiam quanto tempo se passara ou qual distância percorreram, quando Alex perguntou:

— Tem certeza?

Alice pensava tanta coisa, não respondeu, ele perguntou de novo.

— Acho que sim, tenho certeza, temos que... examinar.

— Vamos agora? — disse Alex.

Alice sorriu.

— Estou bem, Alex. Devemos telefonar primeiro.

Ele parou. Olhou a rua, não a reconheceu.

Tinha mudado. Alice o puxou para a direita, ele parecia perdido.

Ela levantou as sobrancelhas, como fez ao vê-lo com a corda de *nylon* esquecida na cintura, para enfrentar Kalanga.

Eles tinham o telefone da casa dos relógios. Alex falou com a pessoa que atendeu.

Fez perguntas antes de chamar o velho proprietário. Este reconheceu a voz de Alex, marcou um encontro.

Acionaram a campainha da residência ao lado. Foram apresentados a um médico, meia-idade. Em uma sala com armários de instrumentos, uma cama alta de hospital. Alice foi superficialmente examinada. O médico marcou uma consulta em um hospital para os exames completos.

Alex andava pela rua e ouvia o barulho da areia sendo deslocada pelos sapatos.

Sempre acumulava mentalmente o pó das calçadas, deixava para trás criando estradas.

Às vezes Alex tentava acreditar que levitava. Só um pouco, atravessando os anos. Ele e Alice foram os últimos guardiões na beira do abismo. Nada poderia ser mudado... e não fora. A última carta criptografada tinha sido aberta. Ele faria a última viagem para Hugart. Sua perfeita coleção de jornais com as notícias recortadas já não era perfeita. Não precisava ser. Ele, de vez em quando colava um fato novo... no meio de qualquer outro, tão previsível como todos.

Os jornais cooperavam, destacando novas inevitáveis mudanças.

A sucessão obedecera uma progressão geométrica.

Nesta altura, ir para Hugart disfarçado, como um velho espião, era um pouco irônico. Alex iria só. Alice, sem o filho, não achava graça na vida dupla...

Diminuíam as populações, a vida ficava mais fácil.

Comprou passagem para Hugart. Não sabia por que resolvera ir de trem.

Não se despedira do filho. Ele estava longe, organizando a sua tarefa. Com outro nome e métodos além do que Alex imaginava. Em uma tarde com os horizontes embranquecidos por uma neve fora do tempo, Alex resolveu retornar. Descobriu que sua presença e atuação em Hugart tinham mínima importância. Almoçou no enorme restaurante da Estação. Conversou com um funcionário fardado, comentou o que teria acontecido com a qualidade da comida para desaparecerem os fregueses. O funcionário riu.

— A comida é a mesma, são os clientes que... — Completou a frase com um gesto que significava terem desaparecido.

Alex passou um olhar por sobre as dezenas de mesas vazias, e o funcionário com meio sorriso e a explicação mágica. Seu Setor nunca fora o das mutações obrigatórias. Observou o enfeite das portas pesadas, estilo inglês, feitas de ferro fundido. Era uma coisa sólida, durava para sempre, agora substituída por alumínios e plásticos. Soube que iriam mudar os velhos trilhos. Rodas suspensas não tinham desgaste.

Seus óculos novos tombaram bem em cima do trilho brilhante. A armação, delicada, foi amassada. Alex tinha começado o gesto automático de se abaixar, mas o interrompeu. Havia leis obrigando o uso geral dos filtros para os raios invisíveis. Havia perigo no uso de velhos artefatos. Alice tocara com a ponta dos dedos as rugas circulares do rosto. Milhões já moravam nas ilhas suspensas, onde as rugas eram inibidas.

Houve festas coletivas em todo o mundo com a reforma do calendário. Alex ainda estava em Hugart e se divertiram com a ilusão de prolongarem a vida por decreto. Era evidente que o controle total da alimentação atingia a psique. Fora exatamente por isso que a metade dos que lutaram contra, tinham desaparecido. Tranquilamente, sem luta física ou desesperos neuróticos, os biogênicos puderam ser usados sem perigos colaterais, deixando a classe médica livre, combatendo outras doenças. A união dos chamados "idosos" possibilitou seu desaparecimento para o benefício da totalidade.

A escolha mundial de quem deveriam ser os primeiros, teve justo resultado. Os grandes lutadores da Transformação, Alice e Alex, na cabine transparente do Balão da Eternidade, bem visíveis e abraçados, subiram aos céus. A cerimônia mundial, conduzindo para o Astral bilhões de pessoas, permanecerá na memória dos que ficaram como o gesto interplanetário mais belo de todos os tempos.

SONHO LÚCIDO

Rodolfo sonhava muito. Para ele era importante esse mundo surrealista do seu travesseiro. Tentava lembrar-se dos mais interessantes e começou a estudá-los.

Logo deixou Freud de lado. Mulheres, voos acima das nuvens, deviam ser as tais realização de desejos, perdidos nas asas dos pássaros. O chamado "sonho lúcido" era mais fascinante e ele se propôs dominá-lo. Comprou livros e usou os conselhos aprendidos. Ao despertar, cerrava de novo os olhos. Tentava recordá-los para anotar com detalhes. Passou muito tempo sem resultados. Às vezes conseguia o objetivo, dirigir o que sonhava: uma jovem agindo como ele queria. Seu comando era relativo dentro do sonho. Sua ordem, raramente obedecida. Deixou de tomar notas, mas, ao fechar os olhos, acomodado no travesseiro, sentia-se feliz, na poltrona de uma imprevista nave com destino desconhecido.

Quando sonhou com Ruth a primeira vez, ela comandava seus passos e não o contrário. Revê-la na próxima noite não o surpreendeu, isso acontecia. O que o perturbou foi um terceiro sonho, interrompido de súbito. Ouviu o ruído típico da porta de entrada sendo fechada, alguém havia saído, ou entrado. Levantou-se, examinou o apartamento. Não havia ninguém. A fechadura estava aberta. Isso nada significava. Rodolfo, displicente, esquecia de girar a chave. Fora algumas obras de arte, a maioria reproduções, nada tinha de precioso para atrair ladrões. Talvez o computador, mas seria difícil carregá-lo, passar pelo porteiro em altas horas... Ele voltou para a cama, custou a dormir, o coração batia mais forte, aquela figura bonita do sonho na memória, sua imaginação acrescentando algo à realidade, embora esta palavra não seja adequada para tudo aquilo. Passou noites sem nada sonhar. Em um sábado, foi para a cama cedo, leu páginas de um romance e fechou os olhos sem saber as horas. A campainha da entrada tocou. Rodolfo acordou, levantou a cabeça. Ouvia às vezes aquele som, mas desistira de ir imediatamente abrir a porta, o corredor sempre vazio. Esperou alguns segundos, meteu os pés no chinelo e foi verificar. Pelo visor, percebeu alguém. Descerrou a porta, descabelado, mas nem se importou. Ela lembrava a personagem do sonho, olhando para ele. Rodolfo deu um passo, ninguém mais no corredor.

— Você...

A jovem diante da porta o interrompeu:

— Eu feri o dedo, nada tenho para desinfetar...

Mostrou o dedo polegar, havia uma gota de sangue. Ela ficou em silêncio, vestia uma capa de chuva, decerto queria dar a impressão de estar com alguma roupa...

Depois de segundos, Rodolfo exclamou:

— Sim, claro, entre por favor, tenho tudo que você precisa.

Ela entrou, seguiu alguns passos pelo corredor, até a sala.

Rodolfo, tímido, não sabia bem o que fazer ou dizer. Olhara de relance a gota de sangue, parecia insignificante para pedir socorro a um desconhecido. Dentro desse pensamento, olhando-a, teve um sobressalto: era ela mesma, a mulher do sonho. Estaria ele dormindo? Seria aquilo um fantástico sonho lúcido? Quase inconscientemente, a levou até seu quarto, pediu que sentasse na beira da cama, as cobertas de lado. Ela obedeceu, silenciosa. Ele trouxe algodão, uma atadura, esparadrapo, um desinfetante de iodo. Colocou tudo ao lado, em cima da cama. Ele olhou o braço, tocou-a pela primeira vez, a pele suave e morna, o pulso solto entre seus dedos. Refletiu, não era um sonho, pelo menos jamais sonhara algo sólido em três dimensões. Rodolfo tremia. Sentado ao lado da capa de chuva, ele com um velho pijama, geralmente faltando botões... Qual seria a sequência do exagerado curativo? Passou o iodo com um chumaço de algodão, ela não reclamou. Colocou um pedaço de gaze em cima, com esparadrapo. A ridícula operação terminara. Rodolfo retirou rapidamente os objetos. Agora estava com uma linda mulher, sentada em sua cama, no meio da noite. Diria alguma coisa ou a puxaria com o braço esquerdo e lhe daria um beijo na boca? Lamentou não ter escovado os dentes, mas, enquanto pensava, seu braço já se dirigia para além daqueles cabelos soltos. Depois do curativo terminado, ele jamais saberia quantos segundos haviam passado. Ela levantou-se de repente, deu dois passos em direção à porta. Rodolfo a acompanhou, quase em um pulo, ela continuava em direção da saída, ele, atrás:

— Por favor, quer tomar algo quente? Como é seu nome? Onde mora?

Nessa altura ela já estava abrindo a porta de saída, dizendo:

— Obrigada.

Rodolfo, mantendo alguma distância para não assustá-la, ainda fez mais duas perguntas. Ela, do lado de fora, sem responder, puxou a porta devagar, talvez nem ouvira as últimas palavras. Rodolfo, sem saber por que, não a seguiu, ficou onde estava, atrás da porta quase cerrada. Quando resolveu sair no corredor, ela desaparecera, para cima ou para baixo, pelas escadas. Parecia lógico que morasse no prédio, que tinha doze andares. O elevador estava parado. Ele foi até a escada, tentando ouvir algo dentro do rumor do tráfego lá fora. Voltou para a cama ainda quente daquelas coxas escondidas na capa de chuva. Dormiu no meio dos pensamentos, recomeçando sempre a mesma coisa. Quando acordou de manhã, ficou reconstituindo tudo, gesto por gesto. Levantou-se, foi verificar a porta, estava com a lingueta da fechadura aberta, não lembrou se a deixara assim.

Ao sair do prédio, passou pelo porteiro, parou, fez uma pergunta sem importância para disfarçar e indagou, fingindo pouco interesse, se ele sabia quem era uma jovem assim assim... O porteiro disse não e acrescentou: "O regulamento não permite informação sobre condôminos." Um senhor sentado perto levantou-se, era o síndico e repetiu a mesma coisa. Rodolfo saiu, foi para o trabalho a pé, tinha tempo e seu pensamento não conseguia se libertar da visita noturna. Fazia sol, a claridade transformava o mundo, pessoas passando, preocupadas, automóveis na orquestração desafinada de sempre. A vida depois do crepúsculo era outra. À custa de repetir mentalmente o acontecido, Rodolfo duvidava da memória. Procurava ser objetivo, não se conformar com as falhas do filme mental, sem a precisão de imagens reais em cada fotograma. No seu itinerário desviava-se um pouco e passava através de um jardim onde crianças brincavam e havia a sombra das árvores.

Quase parou de súbito. A uma distância de uns dez metros, viu uma jovem sentada sozinha em um banco. Fez uma volta mal disfarçada, tornou a passar pelo mesmo lugar, foi se aproximando, em um impulso pediu licença e sentou-se ao lado dela, bem afastado. Olhava a mão direita dela, com um curativo no dedo. Achou que era o seu curativo, mas... não conseguia recordar a cor da atadura nem do esparadrapo. Pensava que todos eram brancos, aquele era... de uma cor indefinida. Tentava vislumbrar melhor a fisionomia. Foi levantando a vista. Ela olhava o lado oposto, talvez intencionalmente. Rodolfo, imóvel, esperava ela se voltar. Os segundos eram lentos como as nuvens paradas no céu. Ela girou o busto, mas não podia vê-la de frente, o coração batia, não conseguiu se controlar, o esparadrapo, a pele suave que tivera em sua mão. Disse:

— Me desculpe, me desculpe, mas você mora naquele prédio alto da avenida, não mora?

Ela não se virou para ele, como seria normal. De perfil, olhava para a frente. Respondeu:

— Não, não moro.

Ele inclinou-se mais um pouco, ia insistir, ela levantou-se sem olhar para ele, afastou-se rapidamente de costas.

Rodolfo, a mão tensa agarrando a madeira velha do banco, ficou olhando o passo sinuoso, um jeito... Ele não sabia definir, pensou: "É ela, o mesmo andar."

Seu tempo se esgotara. Não queria chegar atrasado. Segui-la passou-lhe pela cabeça, mas... Por que ela não queria reconhecê-lo? Era louca, ou casada, ou...

Rodolfo, apressado, continuou sua rota habitual. Era evidente, ela não quisera admitir conhecê-lo. Também, a certeza de ter encontrado a visitante se dissolvia em detalhes, não fixara exatamente o curativo, no momento estivera pensando outras coisas. Poderia ter sido um extraordinário sonho lúcido? A mão sobre a coxa, escondida pela capa, aquele andar de passarela no seu corredor e na alameda do jardim...

Rodolfo trabalhava com dois sócios em uma pequena indústria patrocinada por uma grande incubadora. O sócio principal, médico experiente, inventara um dispositivo automático que resolvia vários problemas gerais na administração de placebos, na pesquisa de novos medicamentos. A intenção era uma imediata exportação para os mais variados laboratórios mundiais. Rodolfo, junto aos sócios, um tanto distraído, entrou logo na discussão interminável de minúsculos detalhes do produto. Seu sócio principal seria a pessoa indicada a quem Rodolfo poderia confidenciar sua experiência noturna. Mas não houve oportunidade, nem Rodolfo queria sobrecarregar as preocupações de ambos com mais um problema, de início insolúvel e tão parecido com o mistério de um placebo — se aquela mulher linda em sua cama, provocadora de tantas reações, era mesmo uma criação mental ou carne e osso, com lábios, beijos e orgasmos sonhados inevitavelmente.

Pela primeira vez, ao reentrar no seu apartamento, Rodolfo não esqueceu e girou a chave, fechando a porta. Lentamente, só acionou a maçaneta, deixando a porta pronta para ser aberta. Ele sorriu, a probabilidade de uma nova visita, com ou sem pretexto, era remota. Ele não se importava muito com relógios. Respondeu algumas mensagens da Internet e, quando escovou os dentes no banheiro, notou que raramente caprichava tanto. Talvez seus exercícios para atingir um sonho lúcido o levassem a adormecer rapidamente. Nessa noite sonhou muita coisa, mas foi impossível recordar-se depois.

Além da meia-noite, a campainha da porta tocou duas vezes. Mesmo achando que seria um sonho, levantou-se imediatamente. Estava com seu melhor pijama, todos os botões pregados. Mesmo achando-se ridículo, seu coração batia mais. Fez algum barulho com o chinelo, consertou a garganta. Estava adivinhando, ou um sutilíssimo perfume voara pela sala e o atingira no quarto? Acendeu as luzes, foi para o corredor. Ela estava lá, quase encostada na porta, já cerrada em suas costas. Vestia a mesma capa de chuva. Rodolfo levantou um pouco os braços, como se recebe uma pessoa querida:

— Ah, que bom, você voltou, deixe eu ver o ferimento, deve estar já curado.

Ela sorriu de leve, um sorriso da Gioconda. Ele estendeu o braço, ela apertou sua mão, Rodolfo aproximou o rosto alguns centímetros, ia beijá-la, mas desistiu. Ela estava ali, no seu apartamento, seria tolo machismo demonstrar essa intimidade. Outra dúvida era se a levaria para seu quarto. Não havia nenhum pingo de sangue justificando curativos. Ela se adiantara perto do sofá da sala, ele sentou-se fingindo velha intimidade, fez um gesto, ela sentou-se, a coxa escondida pela capa a um palmo distante da perna dele no pijama novo. Ele perguntou:

— Qual é o seu nome?

— Eu gosto do nome Ruth.

— Ah, eu também gosto... Ruth.

Ele sorriu, imaginou muitas frases, perguntas, todas elas. Queria evitá-las, mas era impossível. Com o jeito mais simpático possível, foi enfileirando-as, quase como um psicólogo interrogando uma candidata a secretária. Não foram muitas, talvez três ou quatro. Se deu conta que ela não respondera nenhuma. Resolveu provocar:

— Você não respondeu. Você... ficou aborrecida com as perguntas, Ruth?

Ela repetiu o velho sorriso da italiana. Sua voz era bonita, musical, talvez tivesse um quase imperceptível sotaque.

— Perguntas são terríveis. São definitivas. Eu prefiro conversar sem perguntas.

O riso dela já era diferente, mas não agressivo. Rodolfo, tímido disfarçado, usava indagar e galantear mulheres, armas eficientes para adquirir segurança. Elogiadas, sentiam-se felizes e responder ajudava Rodolfo a colocá-las em prateleiras definidoras, velho sistema usado no mundo dos animais falantes.

Ruth olhava as reproduções nas paredes, bem variadas: Pollock, van Gogh, Magritte. Comentou, disse que gostava, com naturalidade. Rodolfo não pôde deduzir o quanto ela sabia de arte contemporânea. Conversaram coisas variadas.

Ele, de pijama, no meio da noite, lembrou-se de repente, deixou escapar:

— Você mora neste prédio?

Ela olhou para ele, Rodolfo mergulhou em seus olhos; eram claros, de uma cor indefinida. Ela disse:

— Se eu soubesse tão importante, traria um recibo do consumo de energia.

Ela riu, era mesmo muito bonita. Rodolfo riu também:

— Você é simpática, muito...

Ele, capaz de dizer coisas brilhantes, até poéticas, calou-se. Difícil saber quanto tempo correra, ficou surpreso, ela levantou-se com um "até logo" e foi se dirigindo para o corredor. Ele correu atrás, pegou em sua mão, ela parou antes de tocar na maçaneta, o rosto de ambos próximos.

— Ruth, você vai voltar? — Sem intervalo para a resposta, ele acrescentou: — Ruth, eu gostaria muito, eu amaria se você voltasse...

Ela fez que "sim" com a cabeça. Rodolfo aproximou mais o rosto, com o braço direito a enlaçou pela cintura, os lábios se encontraram, ela deixou-os um pouco abertos, houve um beijo do pijama com a capa de chuva. Ela ficou séria depois, ele afirmou:

— Vou deixar a porta aberta... Não... eu vou lhe dar uma chave.

Ela nada respondeu, ele tirou uma chave sobressalente pendendo de um prego no batente e deu a ela. Ruth hesitou um segundo, levantou a mão e a recebeu. Rodolfo abriu a porta, ela saiu, ele fechou com chave. Foi para a cama e abraçou o travesseiro como fazem as crianças.

Logo depois de acordar, foi assobiando ao banheiro. Era inevitável imaginar confidenciando para alguém a visita. Mesmo partindo do seu inteligente sócio, Rodolfo esperava um comentário pejorativo: "Mas Rodolfo, você não a levou para a cama? Não é possível... ou você não diz a verdade ou..." Rodolfo, distraído, escovava excessivamente os dentes. Sim, claro, ela só poderia ser uma prostituta. Admitir não fazer perguntas era tolice. Se indagasse logo quanto cobraria, sem capa... a escova parava, Rodolfo a despia mentalmente, anjo inocente, aterrissado por engano em sua cama. Ele divagava. Outro a teria agarrado desde o início. Fazia hipóteses, se não agisse como um adolescente... Mas, eles não hesitam, sexo sem camisinha, o amanhã no infinito...

Rodolfo atravessou o jardim lentamente, procurando Ruth. Lembrou-se de uma jovem em uma praia distante. Também a tratara com inglesa elegância, nenhum palavrão, nenhuma dúvida das histórias mentirosas. Ele não procurava as tais mulheres de vida fácil. Quando acontecia, não ia para a cama imediatamente, como faziam todos. Queria conquistá-las. O resultado: a mulher chorando, confessando verdades, o marido preso, filho bebê nas mãos de outros, sem dinheiro para o advogado... Rodolfo se qualificando de idiota, em vez de orgasmos, consolava a menina, de mãos grossas da cozinha a limpar lágrimas no rosto manchado.

Na fábrica, teve oportunidade de conversar com o sócio, mas deixou passar. Falaram sobre placebos, a eficiência do legítimo, a eficiência do falso.

Rodolfo era um "duplo cego" e queria continuar assim.

Voltou mais cedo para casa, a diarista não aparecera. Arrumou alguma coisa, sentindo-se uma comadre dedicada às aparências. Fez a barba perfeita, mas não estendeu muito bem a cama, tinha esperança de desarrumá-la completamente.

Perto das onze horas já estava um tanto cansado da expectativa. Tentava uma autocrítica irônica, ver Ruth nem misteriosa, nem elegante, nem... Tirar logo aquela ridícula capa de chuva, pensar em sexo, lembrar que ela era uma putinha, nada mais do que isso.

Ele nem olhou mais o relógio, mas deu um pulo rápido, quando ouviu a porta do apartamento ser aberta e a silhueta dela atravessando o corredor. Já não era mais uma putinha. Embora a mesma capa, o rosto sorrindo de leve, a mão estendida, com a chave da porta, ela disse:

— Venho devolver a chave, aceitei-a não sei explicar por quê.

Rodolfo estava pensando em abraçá-la, beijá-la... mas ela continuava com a mão estendida, ele desistiu do abraço:

— Ruth, fique com a chave, eu confio em você, eu... gosto de você.

Ela balançava a cabeça, continuava com o gesto estendido.

— Pegue, por favor, depois a gente conversa.

Rodolfo pegou a chave. Depois sentou-se no sofá, estava com a impressão de que ela iria embora em seguida. Ele fez um movimento, ela sentou-se, a coxa ficou próxima à perna dele, Rodolfo tentou algo objetivo:

— Ruth, eu admiro... — Ele parou, ficou pensando um pouco, ela em silêncio. — Eu admiro você, acho que poderíamos conversar sobre nós dois, eu gostaria de...

Ela o interrompeu:

— Você acha absolutamente necessário justificativas, definições, combinações, provavelmente a colocação de todos os códigos sobre sexo...

Rodolfo sentiu, ela o desafiava, talvez estivesse caçoando, aquela bobagem que tinha pensado, que era apenas uma puta... Não, não uma putinha vulgar, todas completamente ignorantes, incapazes de colocar frases como aquelas... mas, afinal, visitar um homem no meio da noite, qual seria o objetivo? Provavelmente não passaram mais do que dois ou três segundos:

— Ruth, por que você veio até aqui, houve alguma escolha?

Ele falou ternamente, impossível não ser assim com aquele anjo (mesmo que fosse uma putinha). Ela sorriu devagar, olhou para ele, até se inclinou um pouco:

— Você... e todos os outros ficam desesperados quando não obtêm respostas, se começasse a cair notas de cem dólares do teto, você colocaria uma escada para saber de onde, se esqueceria de juntá-las.

Rodolfo, com o braço rodeando-a, puxou-a, as coxas se apoiaram, ele tentou beijá-la na boca, mas ela virou um pouco o rosto, ele tocou com os lábios perto da orelha. Foi soltando-a devagar, ele evitava fingidas violências que muitas mulheres provocam, para justificar primeiras entregas.

— Ruth, eu gostaria de ir com você para o quarto.

Ela olhou para ele.

— Quartos vêm depois dos terceiros...

— Bem, Ruth, isso é afirmativa ou é pergunta?

Rodolfo levantou-se em frente às pernas dela, estendeu os braços, segurou-lhe as mãos. De pé, ela foi abraçada pela cintura e levada até o quarto, as luzes acesas. Junto à cama, ele abriu dois botões da capa, começou a retirá-la. Respirava forte, emocionado, em silêncio. Por trás, ele puxou a capa. O que sempre suspeitara se confirmou. Ela estava nua, Rodolfo afastou-se. Tremia, tenso, o corpo imaginado era perfeito. Ela jogou-se na cama, enquanto ele tirava o pijama. Deitou-se no lado esquerdo. O pênis estava tímido, todo o sangue enlouquecido de Rodolfo circulava em grossas veias, como se temesse explodir o insignificante pedaço de carne, único destinado a invadir a fêmea silenciosa, à espera, ao lado. O coração de Rodolfo batia tão alto, ele mesmo ouvia. Infiltrou o braço por baixo dos cabelos, abraçou-a, os seios duros pulsavam, sentiu os mamilos e o pênis desesperado se escondia no começo dos pelos do púbis. Ela gemeu, talvez ele estivesse apertando demais a nudez maravilhosa aberta para todas as carícias. Ele tinha o braço direito entre o corpo dela e o colchão de espuma, o esquerdo mais livre, a mão tensa acariciando o diamante imenso e morno. As nádegas, hesitou em penetrar, os dedos no vale estreito, dominado nos sonhos acordados ou ilúcidos, em toda sua vida. Esfregou algumas lágrimas nos seios, sentindo o sal, separou-se dela um pouco, apertou o pênis flácido com a mão esquerda, gaguejou em voz rouca:

— Ruth, fale comigo, se quiser, vá embora.

Ela desprendeu-se um pouco. Com a ponta do lençol enxugou devagar o rosto dele enquanto falava, como se faz para fazer alguém dormir...

Ele aproximou o rosto, queria entender as palavras, mas era outra língua, ele não sabia qual. Ia perguntar, ela tapou sua boca com os dedos, ele abriu os lábios, ela moveu o polegar, ele ficou sentindo a unha, as digitais circulando em sua língua, os olhos fechados, ela continuava falando. Ele, sem entender, relaxou um pouco, queria desaparecer completamente, estava imóvel, era bom. Ela, curvada sobre ele, a coxa o tocava, ele nunca soube o depois, a voz macia... até o ruído agudo de uma buzina na rua abriu seus olhos. Levantou a cabeça, a janela iluminada dizia ser de manhã, ele esticou as pernas, levantou-se nu, sem chinelos foi até o corredor, à porta, andou pela casa como se procurasse um gato perdido. Voltou para a cama e lembrou-se, mas nem quis rememorar minuciosamente. O pênis, com a lembrança dela nua em seus braços estava enorme, foi ao banheiro, ficou muito tempo tentando acalmá-lo para poder urinar. Quando conseguiu, o pênis tornou a crescer imediatamente, o sangue enlouquecido agora sabia onde devia entrar, vibrar, carregar de energias poderosas um orgasmo já espreitando uma explosão a qualquer toque, o prepúcio inundado de lubrificante. Ele masturbou-se, em poucos segundos ejaculou gemendo e pensando nela, depois, sem se importar de molhar o lençol, encolheu-se na cama e as lágrimas ainda saíam devagar dos olhos abertos. Na rua, o barulho dos automóveis parecia maior do que nunca. Era a música sem instrumentos da chamada "realidade". Rodolfo tinha um inevitável programa bem condicionado. Escovou os dentes enquanto o chuveiro molhava de água quente seu corpo. Ele agia mais lentamente, para se acostumar. Passou pelo jardim, viu cada criança correndo, os cães olhando-o como se soubessem. Passou pelo banco vazio — havia até borboletas, ele jamais notara antes. Também alguns prédios tinham trepadeiras lá no alto, ele caminhava até a fábrica, os sócios deviam imaginá-lo doente, não atrasava nunca. O sócio médico perguntou se estava bem, sorriu, garantiu que sim. Todo o desejo anterior de contar, repartir o fato incrível, desaparecera. Rodolfo sabia perfeitamente por que aquilo acontecera e ocorre com todos os homens.

Sabia, não precisava de Freud para confortá-lo, a traição paradoxal do seu próprio corpo... Não, ele não queria análises, não queria... nem para si mesmo repetir o óbvio, deveria senti-la somente uma putinha. Repetia a palavra sem convicção. Claro, havia comportamentos ridículos em toda a parte, medo do escuro, das alturas, o desespero de saltar e as pernas não obedecerem. Detestou falar em placebos. O falso que é falso para quem sabe que é falso, mas legítimo e poderoso para os outros que não sabem. Não sabem o quê? As verdades, as tais verdades que continuam verdes verdades enquanto passam as idades e continuamos engolindo comprimidos milagrosos, talvez alucinógenos, talvez apenas placebos...

O sócio médico tornou a perguntar com mais ênfase se Rodolfo estava sentindo-se bem. Ele garantiu que sim, não disse que havia apenas um problema insignificante, não merecia uma consulta, um orgasmo fora do tempo. Na rua, os automóveis estavam buzinando sem motivo. Abriu a porta do apartamento e não a fechou por dentro. Deixaria aberta a lingueta da fechadura para sempre. Os ladrões bastariam mover a maçaneta e entrar, seguir o corredor e se apossar do Picasso erótico, levar gravuras do Kama Sutra, presente da Alice, com segundas intenções sem disfarce.

Rodolfo folheou a agenda de endereços, feita no computador, ordem alfabética. Simples, comunicar-se com pessoas, em qualquer lugar. Ruth não constava. Talvez ela tivesse um celular, talvez telefonasse. Pela segunda vez, inutilmente, tornou a ouvir os recados da gravação. Em seguida o telefone tocou. Ele o colocou no ouvido:

— Alô...

— Oi, Rodolfo.

— Quem fala?

— Puxa, Rodolfo, nem conhece mais minha voz?

— Sim... claro, Alice, sempre conheci...

— É tão difícil encontrar você...

Rodolfo ia responder, mas Alice o interrompeu:

— Espere, Rodolfo, deixe eu falar.

Era o que ele mais detestava em Alice, mas não reclamou, ficou em silêncio.

— Rodolfo, está me ouvindo? Quero encontrar com você hoje, agora, estou sozinha... e não me venha com nenhuma desculpa...

Rodolfo respirou fundo, esperou mais três segundos, Alice continuava em silêncio, era um milagre:

— Bem, eu estou indo, vou desligar.

Ele colocou o fone no gancho, deu para ouvir uma palavra cortada.

Ficou no mesmo lugar, nem sabia como agir. O telefone tocou de novo, naturalmente Alice, mas ele não atendeu. Daí a pouco a secretária também emudeceu, Alice tinha desligado, sabia que ia aparecer, ele podia mentir razões complicadas, mas não fazia deselegâncias.

Foi escovar os dentes, mudou o paletó. Quando ia sair, parou: "E se Ruth chegasse?"

Mesmo se achando idiota, em letras graúdas escreveu em uma folha de caderno: "CHEGO AMANHÃ." Ficou sem saber onde colocá-la, enfiou na maçaneta, por dentro.

•

Alice o abraçou com força, estava perfumada, embora ele insistisse não gostar de perfumes. Queixou-se dele demorar muito, levando-o para a cozinha, a mesa posta, toalha de linho, taças finas, uma garrafa de vinho tinto. Alice falava e manobrava tudo, dizendo o que ele devia fazer, ela adorava representar de esposa dedicada e as ironias de Rodolfo eram inúteis.

Ele comeu pouco, bebeu uma taça do vinho, enquanto Alice dizia a mesma coisa do que sempre dissera, como ator representando uma velha peça.

Foram para o quarto. Ele apontou o romance na mesinha da cabeceira.

— Você continua lendo isto?

Ela enfiou o livro na gaveta.

— Você pode falar o que quiser, eu adoro ele...

Rodolfo calou-se. Ele poupava Alice a maior parte do tempo. Nunca a enganara com falsas declarações.

Ela estava tirando a roupa. Fazia com naturalidade, como se fosse experimentar um vestido novo. Rodolfo sentou-se na beira da cama, de costas para ela e começou lentamente a tirar sapatos, meias e o resto. Ele se esforçava para não analisá-la, inutilmente. Devia ser a mesma para todos. Rodolfo conhecia alguns. Ele apagou metade das luzes. Alice não era feia, o corpo atraente. Ela fez a carícia que ele gostava. Rodolfo ficou excitado. Jamais tinha fracassado com Alice, embora ela tivesse a fantástica capacidade das observações mais inconvenientes durante um ato de amor, ou melhor, de mútua masturbação. Alice chegou a notar, ele estava mais excitado e interessado do que nunca. Ela teve bons orgasmos. Jamais compreenderia que na penumbra do quarto, nessa noite, ele esteve o tempo todo abraçado com outra mulher, muito branca, sotaque esquisito, vestindo uma velha capa de chuva e que devia ser uma vagabunda estrangeira, louca para tomar dinheiro do Rodolfo, que fingia não gostar de Alice, mas ela sabia, ele iria acabar morando com ela, comendo os queijos, o vinho, caro pra burro e... Ela tinha vergonha de repetir, fazia muito bem aquelas coisas que o Rodolfo devia ter aprendido nas putarias da Alemanha e Alice imitava, rindo...

Na fábrica, Rodolfo procurou agir como sempre. Os sócios estavam preparando um *stand* no próximo Congresso Internacional em Berlim. Rodolfo sabia que a sua ida era considerada indispensável. Antes, os preparativos o interessavam, dez dias na Alemanha seriam um passeio. Ausentar-se agora, deu-lhe uma sensação de perda. A palavra "prostituta" vinha em sua cabeça e ele a repetia para provar a sua infantilidade. Ou seria neurose, esquizofrenia? Eram só palavras — para ele, como uma loteria comprada e o papel perdido... e sofrer porque devia ser a premiada. Ele voltava para casa formando lógicas conclusões, punição desnecessária. Passava pelo jardim e já cumprimentava uns velhinhos todas as vezes. Aceitava a ideia de consultar um analista. Um estranho, para conferir sua história.

O papel com o recado estava no mesmo lugar. Ruth não aparecera ou não quisera demonstrar...

Começava o crepúsculo. Como nos contos orientais, era inevitável a escuridão, o sonho, a viagem pelos mundos sem gravidade e sem perguntas.

Rodolfo preparava-se, foi se olhar no espelho e riu alto de si próprio. Sabia que o melhor teste para identificar a loucura é o senso de humor. Loucos jamais caçoam de si mesmos. Continuou rindo pelo corredor. Era quase meia-noite. Em todas as histórias, a hora mais preferida, principalmente as de horror. Rodolfo foi até a porta, contou devagar até dez e a puxou de um golpe. Nada, ninguém no corredor. Riu de novo, quase para provar que agia como tal, mas não estava ainda no momento de internar-se.

Foi ao quarto, ia deitar-se. Tirou os sapatos, a campainha tocou. Ficou de pé, nem calçou os chinelos, foi ao corredor. O peito batia.

Porta cerrada, mas, do lado de dentro, Ruth olhava para ele, sorrindo um pouco mais do que a Giaconda. Ela estava com um vestido simples, mas elegante, bem melhor do que a capa de chuva. Rodolfo se aproximou devagar, repetiu o nome dela três vezes, colocou os braços enlaçando a cintura, foi apertando, ela não se afastou, as bocas se tocaram, a respiração misturava-se, ele acariciava os lábios de Ruth, ela soltou mais o corpo, seu púbis sentia o membro dele através da roupa.

Nos antigos filmes, o guerreiro fardado voltava, ela corria desesperada e eles se abraçavam sem uma palavra, o diretor gastava bons metros de celuloide. De meias, Rodolfo não parecia um guerreiro e nem sabia se iriam para o quarto, ou ficariam na sala. Nos momentos cruciais da vida, faltam palavras, sobra uma enorme exclamação, no segundo exato quando o bilhete é premiado. No décimo andar de um hotel em Santiago, Rodolfo enfrentou um forte terremoto. Nu, ele não conseguia manter-se em pé. Pensou se colocava roupa ou fugia imediatamente, para salvar a vida. Agora, a emoção era igual, e tão parecidas, salvar ou gozar a vida. Os dois, abraçados, foram para o quarto. Rodolfo enrodilhava palavras nas cordas vocais, todas eram perguntas:

— Ruth, eu tenho sofrido sem você, eu amo você, eu não quero fazer perguntas, só saber por que voltou, como veio aqui, como...

Ruth, sentada na cama, ele, de pé, calçado com as meias. Ela disse:

— Você é um homem apaixonado por respostas, não por mim, aqui, viva, nua de palavras...

Ruth não parecia se exibir, ou ocultar alguma coisa.

Rodolfo sentou-se também. Deixara escapar perguntas, mas não iria desperdiçar o milagre dela estar ali. Ele ambicionava segurança, uma certeza futura dela não desaparecer. Soltou alguns músculos tensos.

— Quando eu tinha um, dois anos, não, não me lembro, talvez nunca tenha acontecido...

Ela interrompeu:

— Continue.

— Minha mãe desapareceu, não iria voltar mais, eu morreria sem a única coisa com a qual eu conseguia viver... — Rodolfo continuou: — É ridículo, sinto com você, quero segurança, ou o consolo das respostas.

Ruth levantou-se, tirava a roupa lentamente e a colocava em uma cadeira próxima, Rodolfo olhava. Ela disse:

— Existem papéis, promessas, as dívidas e os relógios inventando o tempo. Vou deitar, somos da raça das sereias, não temos sexo nem existe o amanhã. Ninguém precisa de excitação, nós nem sabemos o que é isso, sereias não fazem perguntas, só cantam nos rochedos.

Rodolfo desejou estar sonhando, era bom. Aquele lúcido, onde acontece nosso desejo. Ou, quem sabe, ele era o personagem de Ruth, não existia fora daquela cena, devia obedecer.

Seu membro crescera e ainda não tocara no corpo nu de Ruth, deitada, olhando para cima. Rodolfo virou-se para o lado dela e o membro rígido tocou a coxa, deixando um ponto úmido. Ruth virou-se por cima dele e se abraçaram. Ela era um pouco mais baixa. O pênis ficou entre os pelos e o umbigo. Rodolfo tentou afastá-lo para baixo. Seus lábios deslizavam no rosto, narinas, orelhas, cabelos. Ele disse, quase ininteligível:

— Não quero encostar muito... em você... Não controlo... eu quero...

Talvez Ruth nem tivesse entendido, nem se importasse. Com os braços estendidos, dedos abertos, segurou por baixo cada nádega de Rodolfo, puxou com força, enquanto fazia movimentos curtos para cima e para baixo. Subjugado, ela o estava masturbando no ventre, o púbis com movimentos seguidos, apertando o pênis como se estivesse dentro dela. Ele insistia "não... não", ela, dominando as nádegas, os dedos abertos apertando a cada lado do ânus; ele, lutando para encher os pulmões, se entregou completamente, também se mexeu com ânsia e o esperma explodiu comprimido, quente, escorregadio, milhões de espermatozoides nadando em todas as direções, milhões de filhos perdidos, desesperados na superfície macia, onde só deveriam repousar depois de nove meses e agora tombavam exaustos, talvez também gozando nos últimos momentos, sonhando óvulos excitados e apertados na delícia daquela infantil posse inocente.

A cortina batia na janela, tocada pelo vento através de uma fresta aberta. Rodolfo abriu os olhos e imediatamente voltou a fechá-los. Um clipe alucinado rodava em sua cabeça, a memória também parecia enlouquecida, Ruth nua saindo do apartamento, ele de meias, deitado na cama, sem roupas, o pênis... Não, não podia pensar nela, o pênis doía, queria ir ao banheiro, a bexiga... Teve de se apoiar na parede de azulejos, molhou com água o púbis, até relaxar e conseguir o jato livre. Depois, voltou para a cama, abraçou o travesseiro, não queria lembrar-se de nada, queria sonhar, voltar no tempo, ter o corpo de Ruth com as mãos em suas nádegas... Masturbou-se rapidamente e foi devagar para o banho.

Frederico — que ele chamava de "Rico" —, seu sócio médico, disse que ele estava com olheiras, queria saber se tinha... se havia... ele falou devagar, para disfarçar o interrogatório. Rodolfo negou qualquer extravagância, lera até tarde... em alemão. Era um placebo legítimo a sua pobre desculpa. Doente, percebia-se que não estava. Os olhos brilhantes, uma energia nos gestos. Rico brincou com o terceiro sócio que Rodolfo devia ter arrumado alguma ninfomaníaca, ilusório distúrbio já eliminado pela medicina no século passado.

Na sua vida habitual, como nós todos, Rodolfo tinha a sua bússola maior. A agulha principal apontava o amor, com suas asas imaginárias. Experiente, embora tímido, perturbado com as surpreendentes visitas noturnas. Perdera a vaidade natural de narrá-las. Certas deduções eram inevitáveis: um agressivo ataque sexual, de mulher experiente. O fato é que Rodolfo evitava uma pesquisa. Ruth não era Ruth. Só dissera "gostar desse nome". Ela representava o papel de anjo inteligente, imprevisível, pelo qual ele estava apaixonado. Também nada precisava confessar. Por que não a seguira? Por que não forçara respostas? E a chave? Entregá-la era o cúmulo da irresponsabilidade. Haveria meios para identificá-la: carteira de identidade, endereço, um marido... Esta possibilidade Rodolfo deletava, como se Ruth fosse apenas uma inventada personagem...

Ele telefonara para a diarista, a casa estava limpa, seu banho foi muito mais longo, lixara as unhas, cortara alguns pelos muito longos do púbis. Não usava perfumes. Confiava nos feromônios, não abafados com desodorantes que transformam o suculento animal humano em uma bola de bilhar desinfetada. Nos States, andara pela Sunset Boulevard visitando *sex-shops*. Comprara vibradores eficientes, e aquele fixado acima da palma, tremendo a mão inteira. Alice adorava as bolas, argolas e estranhos artefatos, abria a gaveta de baixo, separava o escolhido. Rodolfo deu uma examinada em todos. Não teria coragem de usá-los com Ruth. Pareceria necessitado de ajuda. Nanphera e suas imitações ainda não experimentara. Seria melhor perguntar a Rico. Nem houvera uma posse completa e ele não gostava da palavra. Rodolfo sabia, era assim mesmo, e Ruth não se importara. Fechou a "gaveta da Alice", como ele a chamava. Havia algo interessante, ele havia esquecido... No armário na frente da cama, bastava abrir a porta da direita, em cima. Um grande espelho de cristal, inclinado, refletia o centro da cama. Rodolfo deitou-se, vestido, ergueu os braços. As nádegas de Ruth seriam contempladas no mais perfeito ângulo. Olhou o relógio. Era cedo, mas foi preparar seu café com leite desnatado e torradas de pão italiano. Não jantava. Mantinha o mesmo peso, desde jovem. Lavou e guardou a louça. Ruth jamais comera na sua casa. Talvez devesse ter um queijo bom, vinho... E, se ela não viesse? Nada tinham combinado. Rodolfo se recriminava por frases não ditas. Queria planejar o ideal, fazer Ruth... O pensamento o paralisava, uma cúpula de prosaica realidade o envolvia. Estava ansioso, sonhando um encontro não marcado com alguém quase desconhecido.

Ele foi para a sala, sentou-se no lugar exato onde as coxas de Ruth tocaram o sofá. Levantou-se, foi até a porta; certificou-se pela terceira vez, estava aberta, bastava virar a maçaneta. Sentou-se de novo. Era cedo, ela não viria antes da meia-noite. Ligou a televisão. Depois de minutos percebeu o assunto, falavam sobre a Bolsa, como investir, como lucrar. Ficar ali, era idiotice. Deveria estar na cama. Se dormisse a campainha o acordaria ou... ela iria direto para o quarto. Com Alice ela simplesmente chegava.

A cabeça recostada no sofá, a TV falando sozinha, Rodolfo deu um salto, saindo de um sonho estranho, para tocar na figura delicada de Ruth em sua frente, o mesmo vestido vermelho.

Não sabia a hora, dormira e repentinamente, ela diante dele, descabelado, a camisa torta, nem beijara aqueles lábios tão próximos. Desligou a TV e um silêncio misterioso cobriu a ambos. Quando um mágico, no palco, faz aparecer do nada uma bela jovem, ninguém fala, batem palmas. Rodolfo esquecia gestos e frases imaginadas. Ele suspirou, perguntou se ela queria comer alguma coisa, se... Ele parou, ela só olhava, as palavras presas no dicionário. Ele colocou a mão direita na cintura dela, subiu e desceu, a curva certa acompanhava a perfeição das outras. Rodolfo cheirou devagar atrás da orelha, desceu, a manga era larga, o nariz penetrou na axila. Ela não colocara desodorantes, o perfume inimitável da fêmea deixou-o sem equilíbrio, ele agarrou-a por trás, nos pontos das nádegas que o espelho iria mostrar, o pênis estava preso, começava a doer, não tinha espaço para se levantar por dentro da calça, fabricada intencionalmente para ignorar testículos, glândulas, libido e excitação nas partes pudendas da sofrida e covarde sexualidade masculina.

Rodolfo foi levando-a para o quarto. Na beira da cama larga, abraçou-a, ficou de joelhos, ela, com o próprio pé, soltou os sapatos, arrancou o vestido por cima da cabeça:

— Pensei que íamos conversar.

Rodolfo, com metade da roupa tirada, parou.

— Sim, eu quero conversar muito com você, eu quero...

Ele se atrapalhava, mas sabia muito bem o que dizia. Repetira "quero" duas vezes. Ela já estava nua, o vestido solto no ombro cobrindo metade dos seios, uma das mangas dançando na frente dos seus pelos muito mais claros do que os negros de Rodolfo.

— O sexo é primordial para você, é...

A entonação indicava uma afirmativa.

— Não, não é... — Rodolfo se interrompeu, ficou pensando e continuou: — Claro que posso responder de duas maneiras. Minha inibição, você sabe, é porque gostaria que você sentisse...

Ele levantou a sobrancelha, a resposta exata era óbvia, e também um lugar-comum. Ele tirou o vestido dos ombros dela, colocou a língua um pouco em cada mamilo, os lábios estavam mais quentes, as duas mãos coladas em cada lado da cintura de Ruth escorregaram para baixo, os dedos deslizando na penugem invisível das nádegas, até descobrirem, de leve, os pelos encaracolados da apertada região mais escondida. Iam com medo, a carícia, em cada sulco digital, se apossava de um fino cabelo íntimo das coxas, sem repuxá-lo, cada toque escorregava na úmida lubrificação do prazer, para adivinhar, sem erro, as duas ocultas cavernas, penetrá-las, a ponta da língua com a força antecipada do desejo e a certeza de gozar em cada lúcido desmaio, toda a finalidade da vida.

Ninguém mergulhado no mistério do amor na cama — ou em qualquer outro lugar — jamais foi capaz de compreender a gramática quântica de um ato feito com tentáculos onipotentes, em dimensões que nos ultrapassam.

Basta deitar-se, depois de dois orgasmos, entre dois grandes lábios, coxas evaporando eflúvios alucinógenos ainda desconhecidos de ingênuos cientistas, o inexplicável nunca pesquisado dos celulares sem recados, memórias, temperanças e juízos perdidos em fusões de átomos por entre paredes, roubados por asas de outras realidades.

Rodolfo tinha a maravilhosa certeza de ter arrancado de Ruth aquilo que não é um grito, nem é um gemido, e sempre se repete as mesmas palavras e se fala no pênis dono do ventre amado, como cadelas, penetradas pelos cães sem versos nem camas, latem o desespero pela rapidez do orgasmo, amostra sádica, ocultando com harpas e cânticos de anjos emasculados, a verdadeira finalidade do inferno e seus lúbricos demônios.

De manhã, o perfeito relógio natural de Rodolfo fracassou.

Acordou atrasado e nem se importou de avisar que chegaria depois. Nas viagens que já fizera pelo mundo, acontecia, em lugares inesperados, acordar de manhã em local desconhecido, erguer-se na cama e não saber onde estava e por quê. Era isso, nesse dia.

Foi para a fábrica, passou pelo jardim, ficou rodando nele pensando na infância. Saiu dali, chegou no seu destino pelo lado contrário, o que era inexplicável.

Frederico, seu melhor amigo e confidente perguntou a Rodolfo se tomara café. Ele, espantado:

— Percebo agora, vim para cá sem tomar meu café, é incrível.

Rico o levou para uma boa panificadora. Eles não tinham leite desnatado, mas Rodolfo até comeu coisas diferentes e falava sem parar, comentava estados de espírito, cujas causas o médico não poderia deduzir.

Lá pela metade do dia Dr. Frederico foi para a sala de Rodolfo, pediu à secretária que não queriam ser interrompidos, e fechou a porta. Disse calmamente:

— Rodolfo, acho que você queria falar comigo, depois não falou, passou muitos dias meio estranho, seria bom repartir suas... preocupações... que talvez nem sejam isso...

— Sim, Rico, faz tempo eu queria falar, mas... são coisas inverossímeis. Ou idiotas, sei lá...

Rodolfo calou-se, pensando como começar.

Frederico sorriu, tinha prática de consultório, o paciente não imagina como seu "caso" é frequente.

Passaram a tarde toda conversando. Quando fecharam o expediente, Rodolfo foi para a casa de Frederico, este lhe fez um eletrocardiograma, mediu pressão, deu-lhe um relaxante. Conjuntamente imaginaram várias providências. Frederico tinha de optar por uma que não ofendesse, não atingisse, não afastasse Ruth de Rodolfo. O médico foi objetivo:

— Se, de algum modo, tivesse de casar com ela, agora, você o faria?

— Sim.

Rodolfo queria voltar para seu apartamento, queria ver Ruth, combinar com ela...

Frederico mostrou a Rodolfo: todas as vezes que Ruth o visitara, ela saíra não se sabia em qual hora e por quê. Frederico iria se apresentar como o melhor amigo, sócio, até médico. De algum modo ético, ele poderia extrair dela a informação que tranquilizasse Rodolfo. O assunto, sutil e sem limite, dependia de uma boa argumentação de Frederico. Ele teve de corrigir com o sócio, antecipadamente, o que pretendia dizer, se Ruth aparecesse.

Rodolfo, não plenamente convencido, admitiu o trato. Ela poderia chegar de madrugada, ambos não usariam o telefone e se encontrariam às oito horas da manhã seguinte na fábrica, talvez juntamente com Ruth, hipótese que mais seduzira Rodolfo. Frederico era casado, sem filhos. Lúcia, sua mulher, fora passar uns dias na praia, na casa de uma tia. Frederico deu a Rodolfo algo para dormir e foi para o apartamento à espera de Ruth, com a recomendação de não fechá-lo com chave.

Frederico abraçou Rodolfo no momento em que se despediram, assegurou sua confiança em trazer Ruth até a fábrica. Ainda perguntou:

— Rodofo, Ruth esqueceu algo em sua casa? Brinco, pente, qualquer coisa?

Rodolfo franziu a testa.

— Não, não me lembro. Por quê?

Frederico resolvera ir de táxi, que acabara de chegar. Acenou confiante para Rodolfo e partiu.

A forte campainha do despertador de Frederico conseguiu despertar Rodolfo em tempo de chegar para a abertura da fábrica, às oito horas. Ninguém telefonara, seria inconveniente atender um telefonema interrompendo a conversa com Ruth.

Frederico ainda não tinha chegado, já havia passado meia hora. Rodolfo ligou para seu apartamento até a secretária eletrônica atender. Gravou um recado inútil, certamente Frederico, juntamente com Ruth, já estariam a caminho da fábrica. Mesmo com muito trânsito, deveriam chegar dali a quinze minutos, mas isso não aconteceu. Rodolfo avisou o terceiro sócio que iria para seu apartamento, deveria encontrar um recado... Deixou anotado o número do seu celular e saiu. Chegou rapidamente, foi indagar ao porteiro, que nada sabia. A porta do apartamento não estava chaveada. Entrou chamando o amigo, passou duas vezes por toda a parte, não havia ninguém. Examinou o quarto, o banheiro, a sala. Nada que chamasse a atenção, as coisas nos lugares de sempre. Não havia recados escritos. Ouviu a secretária duas vezes, inutilmente. Já telefonara para a fábrica, mesmo sabendo que Frederico o chamaria imediatamente se lá chegasse.

Há o vazio da distância, há o vazio da morte. Rodolfo mergulhou em ambos, simultaneamente. Seria inútil reconstituir as providências, as hipóteses, o trabalho da polícia, desde o princípio, calculando sequestros ou alguma coisa ilegal, que seria logo esclarecida. Nunca mais houve notícia de Ruth e de Frederico. Ruth, com existência pouco esclarecida, só atingia Rodolfo. Lúcia, mulher de Frederico, custou a acreditar na verdade absurda do completo desaparecimento do marido. Ela e Rodolfo tinham de substituir Frederico na direção da fábrica. Lúcia criara uma obsessão pelo apartamento de Rodolfo, como se lá pudesse entender o mistério. Frederico desaparecera, sem testemunha. Muitos meses passados, não existia esperança de um comunicado, um sinal de Frederico. Lúcia ia com Rodolfo para o apartamento e ele repetia detalhes das visitas de Ruth. No quarto, uma noite, ela abraçou Rodolfo, chorando. Ela tinha a mesma altura de Ruth. Rodolfo observou que evitava fazer perguntas para Lúcia. Ela disse:

— Eu não sou Ruth, pode me perguntar tudo.

Ambos estavam pensando a mesma coisa. Rodolfo e Lúcia na cama, abraçados, sentiram uma paz cheia de excitação.

Rodolfo, já meio despido, levantou-se, abriu a porta do armário em frente da cama. O espelho de cristal devolveu as nádegas de Lúcia levitando nas mãos de Rodolfo. Ele levantou-se de novo, nu, sem chinelos, e foi até a porta de saída, girou a chave duas vezes, cerrando definitivamente aquela porta aberta tantos meses.

BAIRRO DOS TATUS

Quando comprei aquela casa, fiz um negócio rápido, já estava de olho há muito tempo. Eu e Simone nos separamos dois anos antes e ficávamos admirados como a casa, tão bonita, ainda tinha a placa de "vende-se". Quando a visitei por dentro, achei o preço barato e fechei o negócio. Depois de instalado e satisfeito, pouco barulho durante o dia, nenhum de noite, ao comentar com um amigo ele sorriu e disse:

— Você agora está no bairro dos tatus.

Havia um pouco de ironia e como não tenho preconceitos, imaginei o bairro com prostitutas, baladas, traficantes... Acho que nunca vi um bicho tatu vivo, sei que faz buracos. Nos domingos eu levantava cedo, ia até a praça, havia jornais de toda a parte. Comprei um, sentei-me em um banco, mas pouco li. Observei o movimento. Prostitutas, não sei identificá-las pela manhã. Me importa a bela presença das mulheres, não suas profissões. Achei que não havia nenhuma. Quatro jovens decotadas riam de qualquer coisa. Todas tatuadas nas costas e nas coxas, subindo nádegas acima. Um rapaz de bermudas, sem camiseta, abraçou todas elas. Um poderoso dragão meio avermelhado dominava em suas costas. Os cinco tatuados compunham dinâmica estética nos seus movimentos. Eu, jornal no colo, dei um largo sorriso. Santa ingenuidade. Meu amigo devia ter falado em "bairro dos *tatoos*", dos tatuados... Sim, era isso mesmo, eu já havia reparado em variadas tatuagens, e *piercings*, em toda a parte. Fiquei até satisfeito. Tatuagens nada me atingiam. Se fosse preciso dar uma contribuição... Bem, onde poderia ser? No tempo de Simone ela não concordaria, mas Nissa gostaria de escolher o lugar. Perguntei a ela, nessa mesma noite. Ela riu, não acreditava só agora eu saber, ali era o bairro dos *tatoos*. Eu admirava seus dois pássaros na curva das duas nádegas, lindos, eu chamava de bundas voadoras. Nissa entendia do assunto, tive minha primeira aula. Achei bonita a expressão "fazer do corpo um suporte para a arte".

Quando aprendemos uma novidade, logo a enxergamos seguidamente. Mesmo quando dirigia, em cada braço ou perna descoberta, fiquei espantado com a quantidade de pessoas tatuadas. Mulheres, principalmente, porque se mostram mais, não usam gravatas, enfeite ridículo invadindo o novo século no tradicional enforcamento masculino.

Sou tímido, embora disfarce. Poucos percebem. No encontro dominical ao lado da banca de jornais, entrei em uma conversa sobre tatuagens, alguém me olhou de alto a baixo.

— O senhor não tem?

Eu sorri:

— Me chame de você, por favor, claro que eu tenho...

Aquele pessoal tão simpático e comunicativo era completamente informal. Veio-me o receio, não de mostrar meu corpo, mas a vergonha de não possuir nenhuma tatuagem. Fiz um gesto de pressa, voltei para casa.

Pela noite, não por coincidência, Nissa e eu, nus, conversávamos sobre o assunto, deitados lado a lado. Perguntei onde ela escolheria o lugar. Nada disse sobre a mentira, querendo me vangloriar da tatuagem inexistente.

Nissa mandou-me rolar na cama. Com as duas mãos e palmadas gratuitas, ela apontou o centro, entre o umbigo e o púbis, na minha barriga chata, a custa de duros sacrifícios.

Foi uma escolha argumentada. Nissa falou de estereótipos e da influência das imagens e de... Não quero tentar um resumo imperfeito. Nem Freud explicaria aquilo facilmente. Eu sonhara um pterodátilo, com asas abertas de morcego, elegante, de olhos espantados pelo próprio desaparecimento. Ele ficaria abaixo do meu umbigo, buraco branco (ou negro) acima de suas asas, para me lembrar quando nascera ligado àquela cicatriz redonda, da qual só Adão e Eva escaparam. No Éden, abraçados de frente, nus, se esfregando, devia fazer muita diferença, informação que a Bíblia não comentou. Nissa ficou séria quando pedi o endereço do tatuador, eu queria o simpático pterodátilo participando dos nossos jogos amorosos. Ela me deu para ler um grosso volume. Já percebera, os tatuados levavam tudo a sério. O livro fora impresso na França, há mais de um século. Parecia ter sido manuseado centenas de vezes, tratei-o com o maior cuidado. Fiquei frustrado com o meu francês, eu pouco entendia. A esperança que Nissa explicasse não resultou. Estava ligado à Alquimia, Nissa me emprestou outro que esclareceria através da Física Quântica. Era complicado demais. Nem ousei confessar, eu estava me divertindo com a futura tatuagem. Mas, não iria decepcioná-la. Nissa marcou horário com o tatuador, conhecido dela. Estranhei o tempo necessário. Eu sabia que o meu pássaro provocaria quase nenhuma dor. Achei exageradas três horas para a “operação”. Tive de fingir a leitura da física quântica. Eu passara os olhos, era preferível enfrentar Borges, Ítalo Calvino, mais fáceis.

Nissa levara o pterodátilo achado na Enciclopédia, para o tatuador preparar as cores. Em um sábado fomos de carro, Nissa e eu, até o consultório. A casa era maior e mais profissional do que eu imaginava. Havia meia dúzia de pessoas conversando com o tatuador e todas foram apresentadas. Eu, com uma leve camisa, os outros vestiam paletós ou jaquetas com imagens complicadas. Nas costas das mãos, atrás da nuca, traços coloridos que desciam. Eram pessoas mais velhas, as tatuagens escondidas. Eles comemoravam uma data. Deitei-me na mesa metálica e o tatuador, com máscara, luvas e roupa branca, começou a desinfecção. Havia silêncio, eu imaginava um ambiente onde todos falassem. Fiz perguntas. Não era uma agulha, mas doze, traçando o ninho definitivo do meu velho pássaro. Deitado, eu só via o tatuador e Nissa. A dor, suportável, o tatuador saía de vez em quando. Nissa estava tensa. Sorria, mas eu a conhecia bem. Felizmente, antes do tempo estabelecido, meu pássaro foi coberto com uma folha plástica e o ardor reduzido com o creme anestésico. Levantei-me, cumprimentado por todos. Saímos, Nissa sabia as recomendações a serem obedecidas, fomos para casa.

Por minha conta, sem necessidade, não fui até a livraria que herdara do meu pai e cuja renda eu mantinha estável, pelo menos. Quanto ao meu pterodátilo, parecia tranquilo, o ardor desaparecera, eu me sentava, nu, aos pés da cama, para me ver no grande espelho do armário. Sensação estranha, eu o achava perdido, com vontade de algum ninho...

Nissa percebeu, eu queria algo mais. Ela disse:

— Eu esperava isso.

Peguei em sua mão:

— Não entendi, explique.

Ela sorriu.

— Falta alguma coisa, não é?

— Sim, é isso.

— Vontade de completar, não é?

— Bem, Nissa, eu já pintei, faço fotos, arte... — Apertei o umbigo, o pássaro sacudiu a cabeça.

— O que falta? — ela disse.

— É só questão estética, Nissa, suas bundas voadoras são lindas, seus pássaros têm fundo de nuvens estranhas, quando pego na sua nádega... — Fiz um gesto, quis demonstrar, ela não deixou. Continuei: — Quero um fundo, meu pássaro um céu igual ao seu, possa...

Ela, irônica, completou:

— Possa voar até o meu céu?

Eu ri:

— Não, Nissa, ele já sabe fazer isso. É só estética, o pterodátilo tem medo de escorregar, se perder na cama.

Nem repetirei o que falamos de pássaros, céus estranhos e o amor tentando ilustrar seus ansiosos voos lúbricos.

No domingo Nissa foi comigo comprar o jornal na praça. Conversamos até com aquele perguntador da minha tatuagem. Nem precisei mostrar a minha. Nossos pássaros revoavam entre coxas coloridas, braços com serpentes enroladas, talvez a minha ave penetrando na bermuda justa de Nissa, pousando nas curvas onde moravam seus pássaros inocentes.

Nissa voltou do trabalho com ar misterioso. Estava com uma pasta. Junto com o beijo, fiquei curioso e perguntei. Ela abriu a pasta, havia um envelope transparente. Mesmo sem retirá-lo, achei notável. É impossível descrever imagens com palavras. Só colocamos adjetivos e garantimos seu impacto. O desenho, fundo abstrato de cores e algumas débeis linhas por cima, davam o inesperado efeito de terceira dimensão. Eu vi cercado meu umbigo até o púbis, o pterodátilo dono daquele espaço indescritível.

Perguntei onde descobrira, foi uma longa resposta, um velho parente, etc. O papel, grosso, era um pergaminho legítimo.

Fomos juntos no tatuador. Ele recebeu o pedido e exigências com naturalidade. Notei, o desenho o impressionou, menti ter obtido com um amigo... Deixei lá o modelo, marquei a operação para o dia seguinte. Nissa não podia, fui só, o consultório vazio, conversamos bastante. O tatuador insistiu, toda tatuagem frontal, tocando o corpo da parceira, em um ato amoroso, tinha efeitos formidáveis. Este termo ele usou, achei exagerado, mas parecia sincero. Contou-me casos dos clientes. Com essa propaganda, alguns lá iriam por isso. No final, verifiquei com espelho, estava muito bem, ele trouxe o desenho protegido em uma pasta. Antes de entregar, pediu-me o original, prometia não tatuá-lo em cliente mas... Sorriu, queria para ele próprio o fundo de linhas do meu pterodátilo. Fiz ar de quem pensa, arrumei o plástico protetor.

— Tenho a maior consideração, mas não posso ceder sem perguntar ao amigo que emprestou.

Ele devolveu. Agradeci, voltei satisfeito pela minha desculpa. Se pedisse o pterodátilo, talvez, mas não meu umbigo agora unido com o púbis, seria uma verdadeira clonagem...

Contei rindo para Nissa. Ela não achou graça. O desenho interessara o próprio mestre.

A pressa de normalizar o ardor, acelerou a cicatrização.

Dois dias depois abracei Nissa sem a película plástica. Ela gemeu alto, assustada, sentira algo, eu também. A fina pele recém-criada, fora desvirginada pelo abraço. Afastei-me, Nissa receava ferir-me, passei os dedos nas asas abertas do meu pássaro, ele tremia. Em pensamento o acalmei, só tinha de sonhar as curvas próximas, viradas para cima, aprender que sessenta e cinco milhões de anos tinham passado, ele não precisava alçar voo para caçar mamíferos, sua maravilhosa tarefa era conquistar pássaros em nádegas vizinhas e ensinar-lhes o ritual da fecundação, inventado pelos sábios primatas de pernas longas e mãos delicadas.

Em uma tarde, só em minha casa, houve um breve toque de campainha e a porta foi aberta. Simone entrou, olhando para os lados:

— Bonita casa... — Mas ela se interrompeu, porque estava me beijando na boca e me apertando.

Eu permaneci impassível, menos a boca, ela sabia beijar. Desprendeu-se devagar, sorriu.

— Resolveu ficar por aqui, com os tatus...

Percebi, ela falava de tatus bichos.

— Sim, agora sou como eles.

— Ah... não acredito, onde?

Ela olhava intencionalmente para a parte baixa do meu corpo.

— Não posso mostrar...

Mesmo alguém de fora perceberia que nós dois representávamos. Ela estendeu as duas mãos e foi direta na fivela do meu cinto, aberto com um só gesto. As duas mãos agarraram a calça, em cada lado, e ela foi violentamente puxada para baixo, até os pés. É uma ridícula posição, essa de um homem de camisa esporte, a calça nos tornozelos e uma jovem, agachada, na frente, contemplando um pênis solto, sem saber o que acontecia.

Simone me segurou com as duas mãos, por trás, uma em cada nádega, o rosto tão próximo do púbis, os pelos se ergueram um pouco...

— Puxa, este morcego pré-histórico, estas linhas misteriosas...

— Não é morcego, é pterodátilo.

— Estou lá ligando pro nome dele. Vou até dar uma lambida, ele...

Eu recuei um pouco, ela me puxou pelas nádegas, fingiu engolir o morcego...

Percebia-se, Simone viera com más intenções.

Como se faz com cavalos trocando a ferradura, segurou meu tornozelo esquerdo, falando, imperativa:

— Levanta, levanta.

Eu levantei, ela puxou a calça amassada para fora. Fez o mesmo com a outra perna.

Eu era homem vencido. Sem calça, um pterodátilo lambido, ela foi me empurrando para o corredor. Pela fresta aberta da porta, a cama aparecia, fomos para lá.

Não quero descrever o resto. É a inelutável humilhação de se afundar no mel.

Nissa poderia chegar a qualquer instante, falei a Simone que devia partir imediatamente. Não discutiu, e foi uma surpresa. Vestiu-se rápida, abriu a porta da rua, nem me beijou. Mas disse:

— Preciso ver de novo. Esse morcego...

Fechei a porta, sem responder. Nesse momento percebi, eu ainda estava nu. Passei a mão nas asas dele. Não tremia, parecia cansado, talvez estivesse dormindo.

Nissa chegava com fome, ia para a cozinha. Nesse dia me pegou pela mão, fomos para o quarto. Ela sentiu um perfume estranho, até bom. Beijou o pterodátilo, eu não fiz comentário. Demorei bastante na aparente briga estranha, que filhos pequenos espiam pelo buraco da fechadura e não entendem. Nossos três pássaros se agarravam desesperados, depois Nissa deu um sorriso e dormiu em meus braços, só fizemos o nosso lanche à meia-noite. Fomos atrasados ao trabalho no dia seguinte.

Elisabeth, a Beta, como era chamada, eu tinha contratado na livraria para classificar e restaurar umas obras antigas. Eu me aproximei da mesa onde ela lidava com várias colas e ela me puxou de repente, eu tinha encostado demais, um filete de cola rápida grudou bem alto na calça. Ela imediatamente molhou um algodão com detergente especial e começou a limpeza, antes que a cola secasse. Beta, profissional eficiente, comentou: a calça era boa demais para ser perdida. Abriu o cinto, colocou uma das mãos por dentro para o líquido não atingir a pele. Ela estava ajoelhada aos meus pés. Naquela sala Joana, a vendedora do balcão, não entraria. Não ouso colocar intenções na maneira como ela salvou a calça. A costa de sua mão esquerda tocava o meu pênis. Ele estava cansado, mas, naquela posição da Beta eu via o seio bem feito vibrando. Ela esfregava o detergente com energia, o seio queria saltar da blusa. Ela não usava sutiã, respirava forte, a calça desceu em minhas pernas, temi meu pássaro negro morder os lábios vermelhos da Beta...

Nunca acontecera nada ligado a sexo. Ela parou, olhou o lagarto voador, a paisagem fantástica. O pênis, à minha revelia, inchara com meu sangue, fora de hora...

Depois ela levou a calça até o *shopping*, comprou outra do mesmo tamanho. Fazer amor não compreende roupas, botões... Só Adão e Eva tiveram a lisa nudez sem testemunhas. Fechos misteriosos não abrem, calcinhas colam nas ancas, não descem. Muitos não se importam em tirar as meias, pés com cintos de castidade...

O curto espaço de tempo entre Simone, Beta e Nissa, me obrigava a pensar. A expressão, hoje abandonada, da mulher ninfomaníaca, insaciável, não tinha equivalente masculino. A mulher ser anormal por desejar vários homens, era condenação machista.

Naquela semana, uma das jovens tatuadas perto da banca de jornais convidou-me a dar uma volta. Ela tinha um carro, entrei, ela estacionou diante de um prédio, perguntou-me se queria subir. Fui, desconfiado — eu não tinha qualidades nem conversa para atraí-la, nem conhecia as cantoras americanas que ela adorava. Quis ver minha tatuagem. Não sei como ela conhecia os detalhes. Em vez de me concentrar nas curvas bem feitas do seu corpo, queria o porquê do convite. Ela sabia como excitar, eu demorei demais. Perguntei por que "eu"? Meu respeitável tatuador fugira da ética. Fizera no seu púbis o meu fundo das linhas misteriosas. Era um conquistador. Para a jovem, afirmara dobrar o prazer no contato da minha tatuagem copiada.

No domingo seguinte, as quatro jovens vieram conversar comigo. Claro, elas sabiam. Pareciam ansiosas, qual seria a próxima a lutar com o pterodátilo? Talvez todas, se as convidasse.

Encontrei Nissa em casa, um sorriso ingênuo, gozava o seu bem-estar sem exigências. Eu não a trocaria pelas quatro e mais a Beta, cujo trabalho na livraria terminara.

Dias depois, Simone assaltou-me novamente, durante o dia. Talvez soubesse os horários da Nissa. Não haveria ninguém para informá-la sobre as tolices da tatuagem, mas eu hesitava ao deduzir pensamentos de mulheres e seus atos.

Quando jovem, meus sonhos eram mulheres bonitas me levando aos seus apartamentos, sem nenhuma tatuagem...

Abracei Nissa, talvez mais forte. Disse-lhe coisas no ouvido e... Ela levantou a cabeça.

— Por que está me dizendo tudo isso?

Em um décimo de segundo me passou pela cabeça, jamais sei exatamente por que digo as coisas.

— Nissa, eu amo você.

Ela afastou-se um pouco. Temia alguma coisa:

— Você nunca me disse isso...

— Que absurdo, Nissa, já disse centenas de vezes.

Ela me olhava seriamente:

— Não, nunca... assim... desse jeito.

Eu sorri, brinquei:

— Desse jeito, de outro jeito, sempre eu disse, por que você ficou com... *esse* jeito?

Ela sorriu também, estava a procurar algo para dizer:

— Eu me lembro, um dia você disse tudo isso e eu chorei... escondida.

— Nissa, juro, não estou entendendo, chorou por quê?

Nissa aproximou-se, beijou-me rapidamente, afastou-se de novo, pegou em minha mão, disse que estava quente.

Eu insisti:

— Não mude de assunto, por que chorou?

Nissa fez menção de levantar-se da cama, queria escapar, eu prendi sua mão e repeti a pergunta. Ela olhou de lado, sem me encarar:

— Você estava mentindo — disse, e fixou meus olhos.

Diálogos assim deveriam ter espaços em branco. Eu tentaria descobrir os prováveis ocultos significados. Quantas vezes me convenci a agir como eu prometia, depois de notar: era uma promessa inteiramente falsa.

Não sei, minhas frases para Nissa correspondem à verdade? Muitas eram intenções de verdade. Assassinos garantem, não quiseram matar.

Alguém mais velha do que as quatro tatuadas conversou comigo na livraria, e, por fim, mostrou com o dedo, o ponto exato da sua tatuagem, uma flecha, apontando a vagina. Não é preciso confirmar a liberdade das mulheres falando de sexo. Estão longe de só procurar marido ou companheiro. Somos objeto, com explícita tarefa de uma eficiente ereção. Das fraquezas, sinto vergonha da ereção fracassada. Nossas partes pudendas são amassadas pela calça masculina, tentando ocultar testículos. Mulheres exibem os seios; o pênis, tem de engolir o sangue quente, para doar o branco deleite, milhões de zoides disputando seu cósmico buraco negro.

Nissa sentiu legítimas minhas últimas frases de amor. As não acreditadas tinham as mesmas letras.

Depois da tatuagem, há diferença quando faço amor com Nissa. Sei que não é a paisagem afrodisíaca. Junto com o crescente prazer, eu sentia um vago temor, abraçando Nissa. Esse medo explodiu em meu quarto, um dia.

Não sei como foi, nem quero saber. Nissa veio da rua e jamais a vi com um desespero tão forte. Não chorava por fora, era por dentro. Ela não gritava, sua voz escorria rouca, feita de lágrimas. Falou de Simone, das tatuadas e nem quero me lembrar de quem mais.

Era evidente, tudo soubera, além dos pequenos fatos acumulados. Todo o edifício do nosso relacionamento desabava.

Admiti, afirmei a infinita insignificância do acontecido... Havia um amor que jamais sentira por ninguém. Eu parecia me desculpar de um assassinato. Ela não se queixava, era terrível. Eu já dissera, ela era ingênua. Estava segura do nosso casamento sem papel, as outras o que significavam? Mas, eu transava com elas...

Fiz juras idiotas, não me ouvia mais. Juntou suas coisas, saiu. Fiquei onde estava, parado, uma avalanche de pedras me imobilizava, sem alternativa.

Pela primeira vez, me senti sozinho.

Inútil descrever os dias pela frente. Eu carregava a culpa, nada a limpava. Deixei recados pelo telefone. Mandei infinidade de e-mails. Ela trocou o número do telefone, mudou o e-mail.

Sem alternativas, transei com outras. Até com Simone. O pterodátilo me irritava. Não me olhava no espelho. Procurei um especialista em remoção. Ele me desaconselhou mexer a área extensa da tatuagem.

Nada me serviria um diagnóstico dos fatos. Alguns morrem feridos por raios, ou balas perdidas — ou endereçadas. As quatro tatuadas gostavam de mim. Uma delas juntou-se com o rapaz do dragão. Quando eu ia comprar o jornal, voltava rápido para casa, Nissa deveria... A memória sempre confunde o tempo. Agora, não consigo precisar como e quando recebi a notícia.

Sei que fiquei estático, lacônico, sem exclamações. Simone me chamava de rocha. Eu me sentia estilhaçado. Nissa batera a cabeça. Seu carro fora atropelado. Hospital. Ela não reconhecia ninguém.

Minha relação com a família fora distante. Sentia neles desconfiança, eu não me importara em dissipar.

Fui vê-la. Tive de esperar, não insisti, fiquei horas calado em uma cadeira. Sua irmã me levou até o quarto, saíra há pouco da UTI. Pediram para manter silêncio, temiam emocioná-la...

Nem toquei em sua mão. Estava coberta com um lençol verde claro até o pescoço.

Fiz sim com a cabeça, a irmã acenou para me retirar, ainda fiquei mais um pouco. Nissa abriu os olhos alguns segundos. Olhava em outra direção, fixamente. Me despedi de alguns, a mãe chorava. Andei lento no corredor, fui até a esquina pegar o carro.

Voltei no dia seguinte... e no dia seguinte...

AVC, paralisia ainda não definida. Ela olhava e não parecia reconhecer, os lábios se abriam, havia um sussurro, ininteligível. A família me recebia, nada mais. Eu ficava por ali, não perguntava, nem eles sabiam explicar. Eu a via por pouco tempo, não me facilitavam, eu aguardava, calado, atrás das visitas.

Fui aos poucos alterando a hora da minha presença. A mãe e a irmã ficavam com ela mais tempo. Foi inevitável, aos poucos se habituaram com minha figura. Os cumprimentos eram lacônicos, mas no sofrimento diminuí o espaço das lembranças negativas. Eu tentava ser útil, quando podia, ia chamar a enfermeira atrasada, virava a dura manivela, inclinava a cama.

Agradeciam, mas não conversavam comigo, nem eu tentava. Preferia ser invisível, sentado no canto da parede, saía em silêncio. Era raro ficar perto do leito, mais raro Nissa olhar na minha direção. Quando acontecia, eu mergulhava em seus olhos, falava com ela mentalmente. Em resposta, eu colecionava breves faíscas, podia traduzi-las à vontade.

Toquei nas mãos e nos braços dela algumas vezes, a pedido da enfermeira, aplicando uma injeção. Na primeira vez a mãe entrou no meio, sorriu constrangida e me substituiu. Na despedida me agradeceu. Em uma segunda vez me deixou apoiar Nissa com pequeno travesseiro. Com Nissa, eu só falava quando, por coincidência, sem a família, estavam ali só o médico ou a enfermeira. Eles também tentavam, profissionalmente, as amabilidades rotineiras, sem respostas.

Seria possível Nissa entender alguma coisa? Intencionalmente, os prognósticos médicos eu ignorava. No cotidiano, visitas e família comentavam ninharias, o tempo, a demora da enfermeira — eu ia chamá-la. Acredito, eu era um mal suportável.

Deduzi, por trechos de conversas, Nissa sairia logo, iria para a casa dos pais. Eles moravam em prédio antigo, vantagem de possuir apartamentos enormes. Quando apareci no último dia, a irmã me comunicou, delicadamente, o médico achava que Nissa poderia ir para casa, sua evolução seria lenta. Toquei no braço da irmã, pedi de maneira discreta a permissão de ver Nissa de vez em quando... Houve um silêncio, eu acrescentei: jamais iria abandoná-la, talvez minha presença adiantasse na recuperação. Era um bom argumento. A mãe estava próxima, falei para me ouvir. Ela se aproximou, disse sim, agradecia minha dedicação. Beijei ambas no rosto pela primeira vez.

Eu sabia, Nissa adorava caquis. Comprei os melhores e, pelo microfone da portaria anunciei minha visita. Tomei o elevador. Eu conhecia o apartamento, uma vez a família inteira, menos Nissa, tinha ido para a praia... Fizemos amor na cama dos pais.

A mãe me recebeu com sorriso, elogiou as frutas. Fui com ela até o quarto. Nissa estava com um pijama leve, sentada em uma poltrona reclinável. A mãe anunciou minha visita e as frutas e saiu. Eu estava sozinho com ela, embora a porta aberta para a sala, onde todos circulavam. Dei uma espiada, abaixei-me e beijei Nissa perto dos lábios. Sorri, disse qualquer coisa baixinho. Não vou interpretar a expressão do seu rosto. Para mim, sonho o que me interessa. A irmã logo surgiu, eu já estava um metro para trás, sentado em uma banqueta. Trouxe uma cadeira, contou como eles e Nissa estavam felizes em casa, eu me interessei, fiz perguntas. Fiquei um tempo razoável, não queria assustá-los. Não toquei em Nissa, a mãe estava presente quando saí.

Dois dias depois telefonei à tarde, perguntei se podia visitar Nissa. A mãe foi gentil, disse "naturalmente que sim".

Comprei frutas de novo, a mãe me levou no quarto, havia dois parentes, eu disse algumas palavras para Nissa e me afastei.

Fiquei bastante tempo em silêncio. Quando parti, a irmã e a mãe me acompanharam, eu arrisquei informar que pretendia voltar sempre, as duas sorriram, disseram que eu não precisava telefonar avisando, eu "seria sempre bem-vindo". Tornei a beijá-las, perceberam que eu viria como — não sei qual palavra existiria na cabeça delas — namorado, companheiro... não sei. Lembro-me da minha velha tia a perguntar se eu ainda era "amante" daquela jovem...

No domingo eu estava bem, fui até a praça, entrei em uma conversa com a tatuada e seu moreno dragão. Havia um bando ruidoso de adolescentes, pareciam carregar quadros de uma exposição nos corpos meio nus, brilhantes de filtros solares esfregados ali mesmo, com as coxas apoiadas nos bancos. A tatuada que me levara a seu apartamento, chegou quando eu já voltava, correu, ficou ao meu lado, entrou comigo quando abri o portão, achou a casa bonita, me fez mostrar até a cozinha, quando chegamos no quarto disse que iria mostrar uma nova tatuagem. Fiquei esperando, ela tirou toda a roupa, arrojou fora as sandálias e deitou-se. Sem nenhuma metáfora, senti algo no pterodátilo e foi como se fizéssemos parte de alguma secreta associação, apresentando a credencial artística da nossa identidade, unindo-as por fora e por dentro nas veias profundas.

Para não parecer eu estar cooperando na alimentação de Nissa, levei flores, nem muitas, nem caras. Também resolvi aproveitar a dispensa de aviso prévio. Cheguei ao prédio, falei pelo intercomunicador e subi. Prestei atenção, nem a mãe nem a irmã pareciam incomodadas com a minha vinda. Eu sabia, a mãe era obcecada pela arrumação da casa. Elogiei, citei minha família.

Havia uma cadeira perto da poltrona de Nissa. A irmã saiu duas vezes do quarto para fazer algo, disse a ela para "ficar à vontade", fazer outra coisa, eu viera exatamente "tomar conta de Nissa". A irmã hesitou um segundo, mas deixou-nos a sós. O apartamento tinha um assoalho de tábuas largas. Eu ouvia passos se aproximando com nitidez. Logo que ela saiu, fiquei de pé, fui até a porta, ninguém na sala. Voltei, peguei na mão de Nissa, me abaixei, disse:

— Nissa, eu amo você, só você.

Havia silêncio. Inclinei-me, Nissa parecia olhar para mim. Meus lábios iam lentamente na direção de sua boca. Toquei leve como folha tombada. Ela estava imóvel. Eu premi meus lábios nos lábios molhados dela, me afastei, Nissa continuava na mesma posição, eu vinha observando cada gesto, eu achava que ela seria capaz de desviar o rosto, se quisesse. Mas, ela saberia estar sendo beijada? Fui até a porta, a sala vazia. Respirei tranquilo. A irmã, visse meu beijo, talvez me expulsasse. Voltei para perto de Nissa, disse-lhe mais coisas. Ela me olhava, daquele modo que parecia atravessar mais fundo. Acariciei a sua mão de leve, ajeitei-a melhor na poltrona, sentei-me. Mãe e filha entraram, perguntaram como tinha sido, afirmei notar boas reações. Eu não estava mentindo, tudo tinha sido muito favorável...

Pude perceber nos outros dias, que diminuíra a presença da irmã. Não sei qual era seu trabalho, ela saía e chegava em horas variadas e às vezes levava uma pasta. Nada perguntei, com tato eu ampliava a solidariedade, fazia algo diminuindo o trabalho delas. Comprava medicamentos na farmácia, cheguei a fazer um lanche com elas na visita do médico. Eu colecionava oportunidades de ficar sozinho com Nissa. Punha-me em suas costas, fazia massagem em seus ombros, minhas mãos escorregavam para frente, levei dias avançando milímetros, invasor paciente em busca dos seios, eu enxergava de cima, o movimento eu inventava (como antigamente). Nissa sempre achava boa minha massagem, mas era carícia, eu nunca soubera de massagem incluindo dedos em círculos no seio, até tocar os bicos. Eu abria o botão da blusa e tombava com meus lábios nos mamilos, sentia-os duros. Isso perturbava, se o mamilo endurecia, Nissa estaria excitada, ou seria uma reação independente, acontecia com ela perdida nos abismos da inconsciência?

Eu tinha receio, a mãe surgir sem ruído, achar um louco abusando da filha sem defesa. Inútil explicar àquela senhora antiga, as experiências maravilhosas que Nissa e eu fazíamos.

Se Nissa nada sentia, pelo menos o calor das mãos, a saliva tentando ligar sua memória. Meu tratamento sonhava com a volta aos voos do pterodátilo sobre as aves inocentes das suas nádegas.

Como avancei milímetro por milímetro até os seios, passei a tocar outras partes do seu corpo. No quarto, Nissa estava a maior parte do tempo na poltrona. Mas às vezes permanecia deitada em sua cama de solteira. Quando ali ficava, minha tentação crescia.

Eu me policiava para não acreditar nos meus olhos. Eles enxergavam sorrisos, os ouvidos interpretavam sussurros de Nissa como declarações. Mas, eu sabia, ouvimos e enxergamos o que desejamos. Eu me afastava discretamente na visita do médico ou enfermeira. Eles sempre faziam testes, falavam de uma fisioterapia. Com dificuldade, era bem magro, o médico colocava Nissa de pé, pedia tentar um passo, apoiada pela enfermeira, sem resultado. Eu, com permissão, abaixei-

-me. Com as duas mãos impulsionava cada perna de Nissa, enquanto os dois a mantinham bem leve.

De repente senti que ela deu um passo. Falei alto:

— Assim mesmo, querida, você vai andar.

Éramos três ajudando-a.

À mãe e à irmã, quando chegaram, contei a tentativa.

O médico, um pouco distante, conversou com a mãe. Tirou papéis da pasta, comentou exames. Eu não consegui ouvir, ambos falavam baixo. Nos próximos dias, houve sempre visitas. Eu me tornava invisível, nos lados. Na sexta-feira, me surpreendi. A mãe precisava sair, a irmã não aparecera. Ela perguntou se eu pretendia ficar mais tempo, ela voltaria depois das seis... Eu a interrompi. Sim, tomaria conta de Nissa. O remédio das seis eu sabia como dar...

Eu a convencera. Daí a cinco minutos eu estava a sós com Nissa. Contei de maneira clara, ela entendeu. A mãe deixara um mingau. Sentei-me na beira da cama, dei em sua boca. Falei bem perto, limpei seus lábios, beijava... para dar mais sabor ao creme. Lembrei nossos pássaros, acariciei sua nádega por cima do tecido fino, enquanto ela olhava para mim. Mais tarde traziam a coisa branca de nome ridículo, eu não conseguia me lembrar. Naqueles momentos eu saía do quarto, voltava um bom tempo depois. Eu não sabia onde guardavam aquilo.

Resolvi levar Nissa no banheiro. Levantei-a da cama, expliquei, ela iria fazer xixi, se quisesse. Acho que entendeu. Mais baixa do que eu, já carregara Nissa, nua, algumas vezes, mas agora, iria arrastá-la. Com cuidado, falei calmo, coloquei-a sentada à beira da cama, abracei-a para ficar de pé. Virei seu corpo e, pela primeira vez depois do desastre, senti suas nádegas mornas em meu pterodátilo. Fui lentamente arrastando-a de costas até o banheiro. Às vezes parecia equilibrada em suas próprias pernas, mas tombaria se eu a soltasse. Era bom levar Nissa, abraçando-a. Diante da tampa do vaso levantada, puxei aos poucos sua saia, fui abaixando a calcinha. A posição estranha exigia tempo, mas eu também queria prolongar a intimidade.

Abaixei-me com ela, a calcinha no chão, até ela sentar-se. Eu disse para fazer xixi, ela começou a excitante música líquida. Tudo dera certo. Não era só um capricho. Amassei bastante papel fino, coloquei em sua mão direita, a conduzi secando as gotas cor de âmbar, olhando aqueles pelos onde meus pensamentos se aninhavam, beijei-a na boca. Ouvi um ruído, talvez da rua, olhei meu relógio, eram alguns minutos além das seis horas. A mãe poderia chegar, levantei sua calcinha, abracei-a com força e a fui arrastando, mesmo de frente, até a sua cama. Dei-lhe o remédio, um comprimido, ela o engoliu depressa... Eu olhara seus pássaros inocentes, ansiando a volta do pterodátilo desaparecido a sessenta e cinco milhões de anos...

Nissa instalada, sentei-me na cadeira ao lado, nem sei quando a mãe chegou. Relatei: Nissa passara muito bem, tomara o mingau, o remédio. Me despedi, com o improvável receio dela perguntar algo sobre...

Quando dei a partida no carro, ri, imaginando se Nissa teria mais xixi para tranquilizar alguma suspeita da mãe.

Três dias depois eu iria ficar sozinho com ela novamente, mas a enfermeira apareceu, aplicou uma injeção e foi buscar a coisa branca para ela urinar. Imagino, se eu ficasse no quarto a enfermeira acharia natural, mas fingi timidez, afastei-me. Quando reapareci, olhei Nissa, fiz um jeito de pena. Teria entendido?

A enfermeira seria bom recurso para me informar, saber a opinião do médico. Ela me tratava... Não quero definir, era desagradável e comentaria meu interesse com o médico, decidi nada indicar da nossa intimidade.

Tive várias doenças, faz tempo, conheci hospitais. Comecei a sentir duvidosa impressão do especialista em suas visitas. Por duas vezes trouxera um colega, também participando dos testes. Eu não me aproximava deles nesses momentos. A mãe e a irmã faziam perguntas, algumas eu conseguia ouvir e não seriam as minhas. Também gestos indicavam o nível das respostas. À distância eu sentia uma imprecisão sem providências.

O pai de Nissa, separado da mãe, eu só vira duas vezes; talvez viesse mais e nem entrasse no quarto, Nissa não gostava dele. Tinha dinheiro e o tratamento, suponho que ele pagava.

Eu e a mãe estávamos com Nissa, ela falava com a filha coisas alegres, prometia passeios quando melhorasse. Dava pena, representava mal, tentava sorrir enquanto lágrimas escorriam pela face. Foi penoso ajudá-la, mudar de assunto, embora, pelo rosto neutro de Nissa, parecia nem estar ali. A irmã chegou, abraçou Nissa, disse ela estar melhor e mais bonita, desculpou-se da ausência, iria viajar, mas olhou a mãe e eu ao lado, certa de que tomaríamos conta dela muito bem.

Avisei a livraria: estaria fora o dia todo. Depois que a filha saíra, a mãe, solícita, ia me fazer um pedido — eu interrompi, certamente ela precisaria sair, eu já decidira vir pela manhã e ficar o dia inteiro, etc., etc.

Ela suspirou de alívio, a enfermeira viria pela tarde cuidar das necessidades... Eu balancei a cabeça. Cheguei cedo, a mãe explicou o que eu já sabia, disse até para observar a enfermeira. Uma hora depois que saiu, recebi um telefonema da enfermeira. Deu-me razões, afirmou não poder aparecer... Eu disse que alguém me ajudaria, a mãe ausente.

Levantei as mãos, aliviado, lamentei não ter trazido discos que Nissa gostava.

Me passou pela cabeça tomar banho com ela, como fazíamos, mas seria arriscar um imprevisto. Repeti para Nissa com palavras e gestos, estarmos sós. Minha agitação provocou algo, ela via a mesma coisa sempre, agora eu cantava e a beijava como antigamente.

Os relógios da casa mal andavam quando eu estava nas longas esperas, sentado. Agora corriam aos pulos, eu preparava uma fruta ou fazia Nissa beber água, andava de cá para lá e meio dia tinha passado. Nissa fizera um sinal com a cabeça. Parecia indicar a cama, talvez cansada da poltrona. Eu seguia minha intuição, era impossível conseguir uma certeza, um gesto evidente. Quando sussurrava eu colava meu ouvido em seus lábios, entendia palavras, até frases, que nunca se repetiam.

Coloquei-a na cama, apoiada em dois travesseiros. Lentamente fui lhe dando o mingau com a colherinha. Deixei cair um pouco no roupão fino. Descobri outro no armário, eu não queria a mãe, obcecada com limpeza, vendo aquilo.

Fui despindo Nissa devagar, eu falava com ela, contava meus pensamentos, o corpo morno e liso eu acariciava, abaixei-me e a beijei de leve, tinha cuidado para não feri-la com o peso do meu corpo. Sem o roupão, ela estava só com a calcinha e olhava para mim com a mesma face ingênua de menina. Fechei a janela, entrava um vento quente da cidade de cimento. Minha calça *jeans* era áspera, eu a tirei e abracei Nissa como fazíamos toda noite, um abraço siamês de um corpo único. Até aquele momento, o sexo era uma lembrança antiga, mas tive a impressão que Nissa me apertava, minha tatuagem úmida tentando penetrá-la, beijei a boca entreaberta, não sei quando sua calcinha desaparecera, as pernas se abriram e nós fizemos amor e Nissa estava em meus braços e falava comigo e me acariciava e apertava minhas nádegas e quando tivemos um orgasmo juntos, comecei a ouvir aos poucos e depois nas alturas o barulho do trânsito lá fora, e Nissa estava aninhada nos meus braços dormindo como sempre fora assim e me sobressaltei, meu corpo relaxado devia estar machucando-a, eu falei "Nissa, Nissa, você está bem?" e repeti de novo e me afastei, com cuidado, o braço dela ainda em meu flanco e o trânsito parecia aumentar em gritos de pneus e buzinas. Levantei-me, vesti minhas roupas rapidamente, me aproximei desesperado de Nissa deitada, coloquei minha cabeça no seu peito, consegui ouvir a batida do seu coração, ela respirava lentamente, parecia dormir. Acendi as luzes, o sol tinha desaparecido, arrumei o quarto, levei a louça para a cozinha, eu sentia gosto de sal nos lábios, olhei meu rosto vermelho no espelho, penteei o cabelo e me lembrei que a enfermeira não viera, Nissa precisava fazer xixi, fui ansioso procurar a coisa branca, estava no banheiro, eu coloquei debaixo das nádegas de Nissa e implorava que acordasse, ela abriu e fechou os olhos, eu arrumei os travesseiros, ouvi o jato suave dentro da coisa branca, Nissa estava viva, fazendo xixi, gastei quase um rolo de papel, ela toda úmida, também usei a toalha, lembrei do comprimido das seis, nem sabia a hora, passei o pente no meu cabelo de novo. Ouvi a irmã entrando, logo atrás a mãe, talvez vieram juntas e elas tomaram conta de tudo, eu comecei a voltar para o meu planeta, elas conversavam comigo bem cordiais, a irmã, com a falta da enfermeira perguntou do xixi, eu disse que sim. Eu estava de pé, exausto, sentei-me na minha cadeira e conversei educadamente, como ator no último espetáculo da temporada, beijei-as com sincero carinho, mãe, filha e Nissa também, se elas sabiam que fazia xixi comigo, eu podia beijá-la. Com meu carro bem lento atravessei a cidade de volta para meu bairro dos tatuados, os olhos vertendo lágrimas sem parar, eu não sabia por quê.

Nos dois dias seguintes fui ver Nissa, eu não estava bem, não consegui conversar com ninguém, um vírus depressivo me invadira, havia muita gente, o médico estava lá. Fiquei horas em um terracinho onde ninguém ia, saí sem despedir, voltei no dia seguinte, eu sentia febre, mas não coloquei o termômetro, voltei para casa, deitei-me.

Nada comi, só leite e um suco, o telefone sem fio no meu peito, abraçado.

Quando tocou, eu sabia, claramente. Era a irmã, iriam cremar o corpo de Nissa. Eu não conseguia sair da cama. Fiquei assim não sei quantos dias. Consegui marcar uma consulta de urgência com o médico de Nissa. Nem fiz a barba, ele me recebeu com surpresa. Eu não viera consultá-lo propriamente. Contei de Nissa, o afastamento, o desastre, o que fizemos naquele dia, nada escondi, perguntei se eu a tinha matado. Ele respondeu não.

Ela havia piorado sempre. Falei da minha esperança, Nissa estava entendendo e sentindo nosso contato: "Possível, mas duvidoso." Ela estava excitada, eu garanti. "Sim, pelo menos ela teve prazer", ele consolou...

O resto da semana fiquei em casa, não apareci na livraria. Domingo fui até a praça, comprei o jornal e voltava quando a tatuada me alcançou. Entrou comigo, direto para o quarto, eu fui até a cozinha beber água. Tomava gole por gole enquanto ela, na cama, me chamava sem parar.

ANDRÉ CARNEIRO NOS QUÂNTICOS DA INCERTEZA

RAMIRO GIROLDO*

PROSA, VERSO E NEGATIVOS: OS PRIMEIROS ANOS

André Carneiro,** em uma carreira que percorre décadas, tem se dedicado a diversas linguagens artísticas: a literatura em prosa e verso, a fotografia, as artes plásticas, o cinema. Os traços de sua produção, embora fluidos, são particularizados e reconhecíveis em cada linguagem. Trata-se de uma arte inimiga da estagnação e do autoritarismo, avessa às convenções, desconfiada das aparências, despida de qualquer pudor.

Carneiro desafia rótulos, superando-os. Multifacetado em várias expressões artísticas, explorando e experimentando as diferentes potencialidades de cada uma, exige um esforço conceitual sempre que se tenta enquadrá-lo dentro de alguma corrente ou gênero. Poeta da Geração 45, fotógrafo modernista, escritor de ficção científica (o decano entre os brasileiros): estas, como outras denominações já atribuídas a Carneiro, ajudam a compreender sua arte, mas nunca esgotam as

* Ramiro Giroldo, nascido em 1981, é Licenciado em Letras-Inglês pela UFMS, Mestre em Estudos de Linguagens pela mesma instituição e Doutor em Literatura Brasileira pela USP. Possui ensaios sobre utopia e ficção científica publicados em livros e periódicos.

** Nascido em Atibaia-SP, no ano de 1922.

possibilidades interpretativas. O rótulo é desafiado e superado, e as definições, esgarçadas.

Carneiro se destaca como o autor que mais tempo dedicou à ficção científica no Brasil — seu primeiro volume de prosa é de 1963, cinquenta anos atrás. É, até o momento, o autor mais significativo do gênero entre os brasileiros, merecendo um lugar entre os grandes escritores de FC. Como acontece com os autores de maior alcance da ficção científica, sua produção explora as potencialidades do gênero sem se deixar aprisionar pelos modelos pregressos. Transfigura convenções em seus próprios termos, ao invés de simplesmente adotá-las. Fornece um exemplo de que a ficção científica não deve ser considerada um ramo à parte da literatura, dela desvinculado, mas uma expressão artística que merece tanta atenção quanto as demais. Atenção, inclusive, que tem faltado à ficção científica brasileira e, consequentemente, à produção literária de Carneiro, majoritariamente vinculada ao gênero.

Sua FC enfoca o elemento humano e dá pouca atenção formal ao costumeiro intercâmbio que o gênero promove entre a linguagem científica e a literária. Mas não se pode, a partir disso, depreender que sua produção não se constitui a partir da extrapolação simulada de tendências em curso na ciência contemporânea, pelo contrário: a psicanálise e a física quântica, por exemplo, são presença constante em suas narrativas, nos inseparáveis planos da forma e do conteúdo.

Não é necessário nenhum traço de condescendência na comparação qualitativa entre Carneiro e os autores vindos de países onde a FC é conhecida e, nos casos ideais, reconhecida. Trata-se de uma produção ciente da tradição do gênero, disposta a dialogar com seus predecessores e a construir, por meio desse diálogo, algo particularizado. Alcança seus intentos: sua ficção científica possui fortes traços distintivos, é única.

Carneiro alcança um equilíbrio raro, tanto entre autores brasileiros quanto estrangeiros de FC. Nele a tradição se combina com sua quebra, ou, melhor: o novo se nutre da tradição para se constituir como tal. Explorando paradigmas instituídos, com maior frequência aqueles oriundos da distopia clássica, o autor cunha uma ficção científica alheia aos eventuais modismos e capaz de lidar produtivamente com o gênero em seus elementos essenciais.

Darko Suvin cunhou o conceito de *novum*, elemento que diferencia o quadro imaginário de dada obra de FC da realidade experimentada em nosso dia a dia (por exemplo, o invento de *A Máquina do Tempo*, de H. G. Wells). O elemento conduz ao efeito próprio da ficção científica, o estranhamento ou distanciamento cognitivo. Algumas das narrativas de Carneiro são ambientadas em futuros hipertecnológicos, repletos de *nova* surpreendentes, outras lidam com a inserção de um único *novum* na vida cotidiana. Sempre, contudo, o interesse é o impacto desses *nova* na vida humana, em suas consequências histórico-sociais; não há uma fetichização na abordagem do avanço científico e tecnológico.

Nesse ponto, Carneiro pode ser alinhado aos escritores de ficção científica que criam mundos futuros e inventos espantosos para falar de seu próprio tempo, ou do homem de seu tempo — enquadram-se nessa abordagem os temores e os anseios que a contemporaneidade possui quanto ao porvir, é claro. A lista de escritores que colocam esse interesse em primeiro plano é longa, incluindo Wells (1866-1946), Ray Bradbury (1920-2012), Clifford D. Simak (1904-1988), Fausto Cunha (1923-2004) e Rubens Teixeira Scavone (1925-2007), por exemplo. Carneiro também deixa entrever semelhanças com a *New Wave* da ficção científica, na qual se enquadram autores como Brian W. Aldiss, J. G. Ballard (1930-2009) e Philip K. Dick (1928-1982). Entre as semelhanças, a preocupação com a forma literária e a desintegração das certezas absolutas acerca de qualquer coisa.

Há uma variedade de traços bastante aparentes a particularizar a ficção científica do autor, entre eles o papel de destaque concedido à dinâmica das relações sexuais. Além das narrativas distópicas ambientadas em futuros hedonistas, voltados para uma desenfreada satisfação dos prazeres sexuais, são recorrentes os protagonistas envolvidos em triângulos amorosos de contornos indefiníveis, cercados por eventos que fogem à compreensão mundana. A inclinação ao erotismo das narrativas de ficção científica de Carneiro chamou a atenção do norte-americano David Lincoln Dunbar, na tese de doutorado *Unique Motifs of in Brazilian Science Fiction*, já em 1976.

Sua ficção científica serve de argumento contrário aos infundados preconceitos por vezes dirigidos ao gênero. Ou seja, não é derivativa ou formulaica, não adota acriticamente paradigmas estrangeiros e, principalmente, não endossa o *status quo* pela adoção de um ponto de vista conservador. Interessada em um porvir libertário, a FC de Carneiro não teme a acelerada mudança das coisas ou a evolução tecnológica, mas demanda que o humano continue a prevalecer ao domínio da técnica. Elogia o movimento, é hostil à cristalização.

Em Carneiro, a fuga do lugar-comum — temas, formas e efeitos engessados e convencionalizados — constantemente se vê ao lado de uma negação do *status quo*. Não necessariamente pela apresentação de caminhos contrários ou alternativos à ordem vigente, mas por questionar um estado de coisas indesejável, colocando-o em xeque e sob suspeita. Sem oferecer respostas, mas instigando a dúvida.

Contudo, não se trata propriamente de provocar um choque no leitor; Carneiro vai além disso. Pelo lavoro estético, é promovida uma inversão entre o socialmente aceito e o que não o é. Em sua produção artística, a quebra de tabus geralmente se apresenta sem solavancos ou choque; em outras palavras, o tabu é motivo para choque, não sua quebra.

Seus primeiros trabalhos literários já põem em cena um questionamento das aparências e das normas sociais, por meio da reconfiguração de um tema que define a lírica: o desarranjo entre o plano das ideias e o das materialidades. O poema "Colégio", de *Ângulo e Face* (1949), livro de estreia bem recebido por críticos como Sérgio Milliet e Otto Maria Carpeaux, serve de exemplo:

Odor de couro
em velhas carteiras.
O professor é um mito
gerado em bibliotecas.

Séculos acumulados
no quadro negro.
Seios adolescentes
apontando o futuro.

A matemática é
definitiva.
Mas o recreio está perto.

Sabatina, exame,
itinerário transposto.
Diploma em letra gótica.

Lá fora também a vida
um erro de concordância.

O poema estabelece uma tensão entre aquilo de que somos privados e aquilo que queremos, entre o proibido e o desejado. Há um conflito, um desarranjo, um "erro de concordância": para cumprir as expectativas sociais, o indivíduo precisa abdicar de si próprio. No poema, tais expectativas são representadas pela antiga e ultrapassada tradição ("Séculos acumulados/no quadro negro") que cabe ao novo ("Seios adolescentes/apontando o futuro") subverter.

Em *Ângulo e Face*, vemos um Carneiro ainda em processo de maturação expressiva, manejando de forma por vezes tateante tópicos que se revelariam recorrentes em sua produção. O livro de estreia possui traços de lugar-comum, de convencionalismo lírico, mas sua leitura ainda guarda certo impacto — tímido, é verdade, se comparado ao que o autor produziria posteriormente.

Em 1949, Carneiro se lançou de fato ao conhecimento do público leitor, a despeito de prévias publicações esparsas em periódicos. Além da publicação da primeira antologia poética, o ano também viu o lançamento de seu jornal literário *Tentativa*. A publicação contava com Carneiro como diretor responsável, sua irmã Dulce Granja Carneiro como assistente, e Cesar Mêmolo Júnior como diretor secretário. Embora editado na pequena cidade de Atibaia-SP, o jornal alcançou grande repercussão no ambiente literário brasileiro, tornando-se o principal veículo de divulgação da chamada Geração 45. Não se restringe, contudo, aos autores englobados na alcunha ou mesmo aos autores simpáticos à "geração".

Carneiro se vinculara a esse grupo de autores no I Congresso Paulista de Poesia, em 29 de abril de 1945, no qual figurou como representante do interior de São Paulo. No evento, Domingos Carvalho da Silva criou a alcunha "Geração 45" e deu aspecto de coesão a um grupo na verdade heterogêneo de poetas. A homogeneização, ainda que artificial, trouxe benefícios como estratégia de divulgação da escrita dos palestrantes do congresso.

Na introdução à recente antologia poética *Quânticos da Incerteza*, Osvaldo Duarte, acadêmico responsável pela tese *O Estilo de André Carneiro*, propõe que, "[a]pesar do enquadramento temporal, não se pode dizer que tenha se vinculado à ideologia de 45. Aliás, conviveu e dialogou desde a juventude com os expoentes das três fases do modernismo." De fato, não é do feitio de Carneiro se vincular irrestritamente a modos de expressão artística alheios; Carneiro cimenta seu próprio caminho.

Recentemente, foi publicado o volume *A Geração 45 Através do Jornal Tentativa* (2006), que contém depoimentos e reproduções fac-similares do *Tentativa.* Trata-se de um exemplar a ser lido e estudado pelos que se dedicam à literatura brasileira. Desenhado pelo artista plástico Aldemir Martins, o logotipo do jornal encabeçava, a cada número, ensaios críticos, poemas e contos de autores como Oswald de Andrade, Fausto Cunha, Domingos Carvalho da Silva, Decio Pignatari, Hilda Hilst, Alphonsus de Guimaraens Filho, Menotti Del Picchia, Otto Maria Carpeaux, Alcântara Silveira, Ledo Ivo e Graciliano Ramos. A "Apresentação" do jornal, ocupando toda a primeira página da edição inaugural, foi escrita por Oswald de Andrade.

Como assinala Duarte, em texto introdutório às reproduções fac-similares do jornal, o "*Tentativa* era definido por seus autores como um jornal 'aberto a todas as tendências' e surge em um momento de impasse político, histórico e cultural. [...] Um tempo diante do qual escusava qualquer posição pronta e definitiva. Enfim, um tempo de *Tentativa.*"

Junto à antologia poética *Ângulo e Face,* o *Tentativa* apresenta os textos do "primeiro André". No jornal, há poemas temática e formalmente afins aos textos vistos na antologia poética, além de contos em uma prosa já bastante apurada. No *Tentativa,* foi publicado, também, o trecho de um romance que, por algum motivo, Carneiro nunca concluiu ou publicou. Apenas muitos anos mais tarde, o autor dá a conhecer um romance, o paradigmático *Piscina Livre* (1980) — obra que será abordada adiante.

Os doze anos que separam o fim do jornal literário (em 1951) e a publicação do primeiro livro de prosa de Carneiro, *Diário da Nave Perdida* (1963), não foram de inatividade.

Participou constantemente no meio literário brasileiro, integrando congressos e convenções informais; publicou em veículos periódicos poemas e ensaios sobre cinema, literatura e arte fotográfica; escreveu e dirigiu o filme *Solidão* (1951), exibido internacionalmente, e o curta metragem *Estudo de Continuidade e Movimento*; organizou eventos culturais em Atibaia, como a "1ª Exposição Oficial de Pintura de Atibaia" (em 1955), com originais de Anita Malfatti, Di Cavalcanti e Aldemir Martins, entre outros.

A fotografia "Trilhos" (1951), uma das fundacionais do Modernismo Fotográfico brasileiro, merece destaque. Apresenta descaracterizadas linhas de bondes vistas de cima, linhas curvas claras sobre um fundo escuro tocando-se em alguns pontos. Sobre a fotografia, Carneiro diz, no recentemente publicado *Fotografias Achadas, Perdidas e Construídas* (2009): "Duchamp colocou um bigode na Gioconda; Picasso, no Cubismo, penetrava os objetos para pintá-los de ambos os lados. Os fotógrafos começaram a criar um novo mundo fotográfico, desfocando quaisquer planos em busca de uma nova atmosfera. Modificavam a realidade paralisando uma gota tombando ou, como fiz há sessenta anos, fotografando uma praça de São Paulo com seis trilhos curvos de bondes, mas sem os bondes e sem pessoas, só o desenho dos trilhos brilhando."

O volume *Fotografias Achadas, Perdidas e Construídas* (2009) fornece um panorama bastante completo da produção fotográfica de Carneiro. Textos do autor contextualizam as imagens e discutem os pressupostos conceituais a nortear sua criação. A mais recente, de 2009, é um autorretrato no qual aparas e divisões de papel cindem a imagem de Carneiro diante de um espelho. Fragmenta-se o modelo e seu reflexo, em assonância com o crescente caráter dissociativo de sua arte, que se acentuou com o passar dos anos.

Carneiro em Prosa: Os Contos e os Romances

Diário da Nave Perdida

Diário da Nave Perdida, de 1963, é o primeiro volume de contos publicado por Carneiro. O livro surge no momento em que um grupo de autores, a maioria congregados em torno do editor Gumercindo Rocha Dorea, se dedicava a produzir uma ficção científica que lidasse com questões tipicamente brasileiras, ao invés de apenas reproduzir paradigmas estrangeiros. O crítico literário e também autor de ficção científica Fausto Cunha criou uma alcunha para o grupo no qual ele próprio se incluía, ao lado Dinah Silveira de Queiroz, Rubens Teixeira Scavone, o próprio Carneiro, e outros: "Geração GRD."

Segundo Dorea, seu primeiro contato com a prosa de Carneiro foi por meio do jornal *O Estado de São Paulo*, que publicara o conto "O Começo do Fim" em fins dos anos de 1950. Os predicados do conto chamaram a atenção de Dorea, que se interessou em publicá-lo na primeira antologia de ficção científica inteiramente composta de textos brasileiros, a *Antologia Brasileira de Ficção Científica* (1961). O volume incluía textos de Fausto Cunha, Dinah Silveira Queiroz e Zora Seljan, por exemplo. Carneiro, em crônica publicada no fanzine *Somnium*, do Clube de Leitores de Ficção Científica, relata: "Só depois de publicado em sua Antologia é que conheci pessoalmente o Gumercindo. Sempre explodindo de entusiasmo, amante do bom gosto da FC, publicou em sua coleção os melhores autores internacionais no Brasil. Sua inteligência e seu bom gosto (como acontece frequentemente) fizeram que sua editora não fosse um sucesso de vendas."

Embora a inclusão de Carneiro na chamada Geração GRD seja acertada, cabe destacar que "O Começo do Fim" e "A Organização do Dr. Labuzze" — na antologia *Histórias do Acontecerá* (1961) — foram seus únicos textos publicados pelas Edições GRD. Os dois livros de ficção científica que Carneiro publicou nos anos de 1960, *Diário da Nave Perdida*

(1963) e *O Homem que Adivinhava* (1966), são da editora EdArt, sediada em São Paulo. Capitaneada por Álvaro Malheiros, a casa editorial também foi responsável por fomentar a produção nacional de ficção científica. Publicou a antologia *Além do Tempo e do Espaço: 13 Contos de Ciencificção* (1965) e coletâneas de contos com autores brasileiros.

Conforme Carneiro relata na coluna "Crônicas do André", a EdArt era uma propriedade da Editora Revista dos Tribunais, que na época chegou a imprimir a grande maioria dos livros publicados no país. Nelson de Palma Travassos era o proprietário da Editora Revista dos Tribunais; Álvaro Malheiros, o administrador da EdArt. Este teve a ideia de lançar uma coleção de livros de ficção científica, e incumbiu Mário da Silva Brito de dirigi-la. Num dado momento, Brito vai para o Rio de Janeiro trabalhar na editora Civilização Brasileira, deixando a coleção de ficção científica nas mãos de Malheiros e Carneiro. Ambos foram frustrados, já com muitos livros nacionais e estrangeiros planejados: Travassos entrega a direção da empresa a seu genro, Washington Helou, que resolve fechar a EdArt — ao que parece, livros não eram rentáveis o suficiente para o empresário.

Passemos a palavra a Carneiro, em sua crônica "EdArt, Disco Voador e o Futuro 'da Lata'": "Acostumado a derrubar prédios, W. H. (Washington Helou), abruptamente, fez o mesmo com a EdArt. Da lista de livros anunciados nas orelhas e não publicados, havia quatro ou cinco em provas, as toneladas de chumbo empilhadas na oficina. W. H. mandou derretê-los todos, decisão comercialmente absurda, pois, naquela fase, cerca de 70% já estava empatado em despesas. Um deles somente conseguiu salvar-se graças a essa figura extraordinária de técnico em artes gráficas que se chama Bruno de Tolla. Ele mentiu para W. H. que meu *O Homem que Adivinhava* já estava impresso, o que ele tratou de fazer no dia seguinte."

Os contos de *Diário da Nave Perdida* e de *O Homem que Adivinhava* podem ser considerados clássicos da ficção científica, textos de leitura obrigatória a todos os interessados pelo gênero. O primeiro contém o trabalho de Carneiro de maior repercussão internacional, publicado em diversas ocasiões no exterior, em várias línguas. Trata-se de "A Escuridão".

Nessa noveleta, que guarda semelhanças com o anterior *O Dia das Trífides* (*The Day of the Triffids*; 1951), de John Wyndham (1903-1969), e o posterior *Ensaio Sobre a Cegueira* (1995), de José Saramago (1922-2010), a Terra é envolvida por uma profunda escuridão vinda do espaço sideral. Inexplicável, ela escurece a tudo e impede a combustão. Um grupo de cegos, acostumados que estão a viver sem a luz, tratam de abrigar e auxiliar o protagonista e alguns amigos. Na Chácara Modelo, resistem às adversidades, enquanto fora, ao que parece, tudo se deteriora. Por fim, a escuridão parte, mas é sugerido que a humanidade não será mais a mesma. O conto trata da ascensão social do excluído: na situação limite, o incapaz se faz capaz; o que demanda auxílio, auxilia.

Carneiro, conforme relata em outra crônica no *Somnium*, fez um laboratório para escrever o conto. Para saber como se sente alguém subitamente privado da visão, pôs vendas nos olhos e saiu às ruas tateando. Surpreendeu-o a dificuldade a cercar a mais corriqueira das tarefas.

Décadas depois, Carneiro foi acometido pelo glaucoma e hoje possui apenas dez por cento da visão. Ao contrário dos personagens do conto, porém, ele teve tempo para se adaptar. Em seu cotidiano, é auxiliado por uma série de "inventos" (verdadeiras *gadgets* de ficção científica) concebidos e manufaturados por ele próprio, com o fim de compensar a deficiência da visão. Há um par de óculos com orifícios nas lentes para ajudar o colírio a cair nos olhos; uma luz que se acende quando o fogão é ligado; um sistema de leitura composto de um copo de fundo cortado, uma lente de câmera nele acoplada e uma televisão para ampliar as letras do livro sobre o qual o copo é posto. Continuou a escrever e a fotografar, intensamente. Que esta história se some à dos grandes

* Incluído na antologia *Os Melhores Contos Brasileiros de Ficção Científica: Fronteiras* (Devir, 2010).

autores que enfrentaram a cegueira quando os anos pesaram: para se adaptar à nova vida de contornos embaçados e para continuar com sua arte, Carneiro moldou o mundo à sua maneira. Carneiro criou.

"A Escuridão" foi recentemente republicado em *Páginas de Sombra: Contos Fantásticos Brasileiros* (2003), organizado por Braulio Tavares, e em *As Melhores Novelas Brasileiras de Ficção Científica* (2011), organizado por Roberto de Sousa Causo.

Também em *Diário da Nave Perdida* foi publicado o significativo conto "O Homem que Hipnotizava".* De forma extrapolada, o enredo lida com um tópico estudado a fundo por Carneiro, o hipnotismo. Já publicou dois livros sobre o assunto: *O Mundo Misterioso do Hipnotismo* (1963) e *Manual de Hipnose* (1968). Em ambos, adota um tom sóbrio e se posiciona contra demonstrações teatrais da hipnose, que considera abusivas e condenáveis. Para ele, o hipnotismo deve ser usado com responsabilidade e não pode servir a espetáculos passíveis de danificar o aparelho psíquico dos "voluntários da plateia". Cabe lembrar que Carneiro possui em seu currículo como hipnotizador um caso registrado de "parto com hora marcada".

Em "O Homem que Hipnotizava", um homem insatisfeito com a vida que leva passa a se "auto-hipnotizar". Sob efeito da hipnose, tudo o que lhe desagrada é visto como se fosse perfeito: sua casa humilde lhe parece uma mansão, a esposa se torna um arquétipo de beleza, o emprego banal não é mais tedioso. A deliberada fuga da realidade atrai consequências funestas. Encarcerado em um sanatório, o protagonista encerra o conto traçando planos sobre recomeçar a hipnose e criar uma nova realidade para si, fora dos muros que o aprisionam.

É comum que a obra literária suficientemente rica em possibilidades interpretativas possa ser lida de novas formas em contextos socioculturais distintos. Dessa forma, ainda que superadas as circunstâncias contextuais de produção, no decorrer da história a obra pode incorporar novos sentidos. É o caso de "O Homem que Hipnotizava": nos anos de 1970, durante a ditadura militar brasileira, o conto foi adaptado para a TV Globo com o título "Mergulho no Espelho" e Marcelo Picchia no papel principal. A adaptação foi barrada pela censura. A história do homem que cria um mundo perfeito capaz de esconder as deficiências da realidade podia, afinal, evocar a propaganda autoritária. Tanto a hipnose do protagonista quanto o verniz de prosperidade aplicado pelos meios de comunicação controlados pelo Estado tinham o mesmo objetivo: ocultar o que é desagradável e criar uma realidade insustentavelmente perfeita.

O conto que dá nome à coletânea, "Diário da Nave Perdida", é também bastante significativo. Após um acidente com sua espaçonave, um casal se vê privado dos confortos proporcionados pela tecnologia avançada do mundo futuro, como drogas que regulam o comportamento e aparatos de entretenimento. A princípio, o casal como que esquece o problema e se dedica exclusivamente ao consumo de uma droga alienante e à exposição a produtos da indústria cultural. Contudo, o estoque da droga acaba e o casal fica à mercê de sentimentos como medo, ciúme, desejo e amor. Por meio do desprazer produzido pela adversidade, os personagens buscam a individualização e fogem do artificialismo conformador calcado em "prazeres baratos". A narrativa em primeira pessoa tem a forma de diário escrito pelo homem, e acompanha as consequências das emoções que afloram: fria no princípio, é digressiva em seu desenrolar.

"Diário da Nave Perdida" trava diálogo com um subgênero bastante fértil da ficção científica, o das distopias. Como na clássica tríade distópica *Admirável Mundo Novo* (1932), de Aldous Huxley (1894-1963), *1984* (1949), de George Orwell (1903-1950), e *Nós* (1924), de E. I. Zamiatin (1884-1937), o conto possui personagens cuja liberdade de pensamento foi extirpada por um Estado de contornos veladamente autoritários. A particularidade da distopia de Carneiro é que ela põe em primeiro plano um ambíguo contraponto: de um lado, a nociva dependência do que é artificial, do prazer barato; de outro, um "estado natural" que acaba por se revelar socialmente construído. Trata-se da primeira narrativa distópica do autor; várias se seguiriam, ambientadas em universos ficcionais bastante similares entre si. Roberto de Sousa Causo nomeia de "Anarquia Sexual" a série de narrativas.

Na coletânea, ressaltam, ainda: o breve e poético "Noite de Amor na Galáxia"; "O Começo do Fim", primeiro conto de ficção científica escrito pelo autor; "A Organização do Dr. Labuzze", que serve prontamente para ilustrar a teoria de Todorov acerca da literatura fantástica; e "A Prostituta", sobre um explorador do espaço que se envolve sexualmente com uma alienígena.

Diário da Nave Perdida apresenta um prosador já maduro em seu domínio narrativo. Os anos que separam a publicação dos primeiros textos em prosa, no *Tentativa*, parecem ter sido dedicados ao apuro da técnica narrativa — esta que, em Carneiro, sempre se adapta ao enredo, tornando tema e forma indissociáveis em um objeto literário uno, coeso.

O Homem que Adivinhava

O volume de prosa seguinte de Carneiro, *O Homem que Adivinhava*, abre com um conto do subgênero distópico, com ambientação afim à de "Diário da Nave Perdida". Chamado "Um Casamento Perfeito", também extrapola para um futuro imaginário a dinâmica da relação amorosa. O Computador Central (imagem recorrente nas narrativas distópicas de Carneiro, que remete ao clássico *A Cidade e as Estrelas*, de Arthur C. Clarke)[*] é responsável por normatizar a vida humana. Entre suas incumbências, está a de selecionar o homem e a mulher que, compatíveis de acordo com seus cálculos, devem se unir e constituir um casal perfeito. O protagonista Val-t gradativa-

[*] Republicado em 2012 pela Devir.

mente passa a suspeitar da decisão do computador, dado que ele e a parceira escolhida, A-Rubi, não parecem propriamente compatíveis: sua rotina é repleta de desentendimentos. O casal, diferentemente do que acontecia com os selecionados pelo computador, precisa lidar com a diferença, com a alteridade. Consequentemente, são forçados a questionar os parâmetros comportamentais de seu mundo e, confrontando a adversidade, se constituem como indivíduos e como casal.

Posteriormente, Val-t descobre que suas suspeitas eram fundamentadas: o computador fora sabotado e de fato errara na seleção do casal. Mas então já não é mais de seu interesse se divorciar de A-Rubi. Como em "Diário da Nave Perdida", a experiência do desprazer é responsável por viabilizar o surgimento de percepções e ações distintas de um homogeneizador consenso.

O conto "Um Caso de Feitiçaria", incluído em *O Homem que Adivinhava*, tem a particularidade de se apropriar de um tema comumente vinculado a narrativas de terror, o ritual vodu, e usá-lo como matéria para a ficção científica. Trata de um triângulo amoroso composto pelo protagonista, Roberto, pelo cientista parapsicólogo, Escobar, e pela esposa deste, Marina. Roberto se envolve romanticamente com Marina e, com o passar do tempo, passa a sentir uma forte dor na perna. Como o objeto de estudo de Escobar é o ritual vodu, Roberto teme estar sendo vítima de uma maldição.

O protagonista, porém, tem dificuldades em aceitar que um homem culto e avesso a práticas de povos ditos selvagens, como seu amigo, fizesse uso de rituais vodus para machucá-lo. Marina, por outro lado, afirma que as dores são, sim, causadas pelo uso de um boneco vodu. Antes que o impasse se resolva, Escobar sofre um repentino derrame cerebral e vem a falecer. Certo dia, ainda sofrendo com as dores na perna, Roberto vasculha as gavetas de Escobar e encontra um objeto enrolado em um lenço de seda. Trata-se de um boneco vodu com duas agulhas atravessadas na cabeça — teria Marina feito uso dele para matar Escobar?

Chama atenção, no conto, o entremear entre explicações psicológicas e "parapsicológicas" para o ritual vodu. Ficcionalmente, não são estabelecidas distinções entre o conhecimento científico instituído como tal (a psicologia) e o que ainda reclama reconhecimento (a parapsicologia). É uma mostra de que a ciência interessa à ficção científica como material a ser transfigurado ficcionalmente, liberto do rigor acadêmico.

Encerrando o volume, há uma atípica história de visita alienígena ao planeta Terra, intitulada "Invasão". É um conto de estrutura fragmentada, composto por pequenos segmentos encabeçados por marcações nítidas como "Locutor de Rádio", "Notícia de Jornal", "URSS — Chefe do Serviço Secreto", "Presidente, na Casa Branca", "Padre, na Igreja" e "Pergunta de Criança". Dessa forma, em poucas páginas o conto fornece um panorama global da reação à chegada de um objeto alienígena.

Não se trata de um enredo otimista quanto à forma com que os homens reagem ao desconhecido. Revestido pela violência e pela desconfiança, o medo é a constante no contato alienígena. Constitui-se um olhar crítico à dificuldade humana de aceitar produtivamente a alteridade e evoluir a partir do contato com o outro. Um olhar, observemos, alinhado ao teor da produção de Carneiro como um todo, em sua crítica aos parâmetros sociais estanques que impedem a admissão de caminhos alternativos ao *status quo*.

A coletânea traz, ainda, outros contos que devem figurar como clássicos da ficção científica brasileira: o pós-apocalíptico "A Espingarda", republicado na antologia *Os Melhores Contos Brasileiros de Ficção Científica* (2008), organizada por Roberto de Sousa Causo; "O Mudo", que chegou a ser adaptado para o cinema, tendo Nuno Leal Maia como protagonista; e "O Homem que Adivinhava", que aparentemente teve o enredo apropriado por Janete Clair na telenovela *O Profeta*. Tamanha é a falta de memória cultural no Brasil, que a telenovela teve recentemente um *remake* sem que viesse à tona o conto que talvez tenha servido, não oficialmente, de inspiração.

O Homem que Adivinhava foi publicado em um momento conturbado da vida de Carneiro, o que não parece ter influído negativamente no lavoro dedicado à escolha de cada palavra. Isso também vale para os outros livros do autor publicados no período em que vivia uma situação de extrema insegurança, sob o regime militar. O ponto será abordado adiante, neste texto.

Piscina Livre

Piscina Livre, o primeiro romance de Carneiro, é publicado após um longo hiato. Foi traduzido e publicado na Suécia com o título em português. Embora não haja propriamente uma cisão com relação à sua produção precedente, a obra introduz uma série de características marcantes que se repetiriam no que o autor publicaria a partir de então.

Publicado em 1980, há indícios de que o romance estava aguardando publicação já há um bom tempo. David Lincoln Dunbar, responsável pela primeira pesquisa acadêmica sobre a ficção científica brasileira, *Unique Motifs in Brazilian Science Fiction* (tese de doutorado defendida em 1976), faz menções à obra. Também relata que, quando se encontrou com Carneiro, verificou que o autor tinha vários trabalhos finalizados à espera de publicação. Não seria surpresa se, entre estes, estivesse o segundo romance publicado por Carneiro, *Amorquia*, texto que guarda grandes semelhanças conceituais com *Piscina Livre*. Pode-se dizer que diversos trabalhos de Carneiro que veladamente atacam a ditadura militar só puderam ver a luz após a abertura política. Esta, contudo, não é a única razão para o longo hiato que separa *Piscina Livre* das publicações pregressas de Carneiro. Além do regime ditatorial, também teve influência no hiato o relativamente pequeno interesse do mercado editorial brasileiro dos anos de 1970 pela ficção científica.

Cabe abrir um parênteses para destacar que Carneiro, além de continuar a praticar a escrita e a fotografia na década de 1970, também passou a ministrar com maior intensidade cursos e palestras no Brasil e em países como Argentina, Cuba, México, Estados Unidos e França.

Em seu enredo, *Piscina Livre* se apega à estrutura comumente associada à distopia. Há uma estrutura social rígida que barra a liberdade de pensamento, bem como personagens que se sentem incomodados e oferecem resistência a ela. Como o conto "Diário da Nave Perdida", o romance configura um mundo futuro cujos contornos autoritários são difíceis de serem apreendidos, graças à imposição de prazeres baratos, superficiais e compensatórios.

Em *Piscina Livre,* os personagens mudam de nome a cada dia, conforme toda manhã indicam as pulseiras eletrônicas que são obrigados a usar. Dessa forma, é barrada a emergência de uma individualização: sem terem um nome fixo, os personagens têm dificuldade em cunhar uma identidade pessoal que faça sentido para eles próprios. Carneiro já declarou que esse traço do enredo remete a sua experiência como fugitivo dos militares, durante a ditadura, quando teve que adotar um novo nome — questão que será discutida com vagar neste texto, adiante.

No romance, o comportamento sexual desviante se apresenta como um ato de subversão, hostil à configuração distópica. A preferência sexual que as mulheres passam a manifestar pelos androides (os "Andrs") em detrimento dos homens abala o *status quo.* Os androides, no romance, são seres dotados de livre arbítrio e individualizados como quaisquer seres vivos. São superiores não pelas vantagens físicas que podem ostentar, mas por não possuírem os preconceitos comuns aos homens.

Os Andrs a apresentar defeitos como falta de peças ou mecanismo desgastado se refugiam em uma mata exuberante vizinha à cidade estéril e tecnológica onde vivem os personagens principais. O cenário evoca a distopia clássica *Nós*, de Zamiatin (também publicado no Brasil como *A Muralha Verde*, nas Edições GRD), no contraponto instituído entre o natural e o artificial, mas acrescenta uma nota irônica: os Andrs, seres artificiais, ocupam o lugar que caberia à natureza, enquanto os homens, seres biológicos, incorporam o preconceito e o artificialismo que impede a união com essa mesma natureza.

Perdendo a preferência feminina, os homens temem perder também seu lugar dominante, e respondem violentamente. A "Piscina Livre", lugar onde as mulheres amam os androides, sofre um atentado e muitos morrem. Porém, os Andrs inserem uma nova programação no Computador Central e conseguem alterar a ordem social vigente. A inserção é um ato revolucionário de extrema coragem: o romance volta um olhar positivo àqueles que, a despeito dos riscos, lutam para alterar um indesejável estado de coisas..

A ação reacionária dos homens, que apenas traz malefícios em sua tentativa de manter as coisas como estão, acaba por justificar e endossar o movimento revolucionário dos Andrs. Por meio da ação destes, o mundo futuro é forçado a abandonar suas normas e preconceitos e, por fim, se tornar uma desejável utopia.

A utopia que emerge se define pela aceitação do outro, pelo apagamento das diferenças hierarquizantes: equiparam-se os homens aos androides, eliminadas socialmente as diferenças entre eles. Além das aparências, o que passa a importar é a essência, o cerne de cada um — e no cerne, as diferenças entre homens e androides se revelam insignificantes.

Piscina Livre, embora possa ser facilmente enquadrado como uma distopia, possui marcas próprias e não apenas se encaixa no subgênero, mas alcança autonomia em relação a ele. As particularidades mais marcantes são a absoluta ênfase no prazer sexual dos personagens e o irônico jogo de inversão entre o artificial e o natural. O romance seguinte de Carneiro, *Amorquia*, extrapola várias das características de *Piscina Livre* e se apresenta como um marco da ficção científica distópica mundial — ao qual, infelizmente, ainda não foi dada a devida atenção.

Amorquia

O segundo romance de Carneiro, *Amorquia*, foi objeto de estudo de minha dissertação de mestrado *A Ditadura do Prazer: Ficção Científica e Literatura Utópica em* Amorquia*, de André Carneiro*, defendida em 2008 na Universidade Federal de Mato Grosso do Sul. Pode-se dizer que estudar ficção científica no ambiente universitário brasileiro ainda constitui uma ousadia, devido à restrição imposta pelo olhar canônico e a pouca tradição de estudos do gênero entre nós. Felizmente, a abertura ao diálogo do programa de pós-graduação que frequentei não permitiu a interferência de nenhuma dessas questões em minha pesquisa. Contudo, estudar uma obra como *Amorquia*, desafiadora mesmo para o leitor mais habituado aos paradigmas da "FC", não deixa de constituir uma dupla ousadia.

O romance é marcado pela ausência de movimento. Não há um enredo no sentido tradicional, tão fragmentada se apresenta a narrativa. Sucedem-se uma série de cenas de sexo, algumas a questionar fortemente convenções sociais, conectadas umas às outras de maneira não linear. Os diálogos dos personagens, entre as relações sexuais ou mesmo durante elas, tateiam um desconforto de difícil abordagem, imerso que está no prazer. Os questionamentos não encontram respostas: tanto o leitor quanto os personagens se veem desorientados frente a uma circunstância cujos contornos são de difícil apreensão. A sintaxe da obra se encontra em assonância: as sentenças carecem de elos causais e de intercalação lógica, e apenas a vírgula passa a bastar para separar a causa da consequência.

Piscina Livre já apresentava personagens e ambientação fortemente erotizados, mas *Amorquia* dá um passo além. Parece, em alguns momentos, se passar na utopia sexual anunciada na conclusão do primeiro romance: todos os conflitos e todos os problemas se resolveram, e nada mais resta além de mergulhar acriticamente na satisfação dos desejos sexuais. Todos os elementos do mundo futuro hipertecnológico são estruturados em torno do prazer: as vestimentas exíguas ou inexistentes; as *gadgets* que proporcionam diferentes experiências sexuais; as formas arredondadas e aconchegantes dos móveis; os prédios públicos destinados a receber a qualquer momento os interessados em fazer sexo.

A fim de banir as preocupações e os compromissos, perpetualizar o prazer hedonista e reafirmar a segurança de uma ciência que venceu a morte e rompeu as barreiras da cronologia, o próprio tempo é socialmente abolido no mundo de *Amorquia*. Registrar a passagem das horas e dos dias não é mais de interesse, e os relógios se tornaram peças de um passado longínquo. Os personagens compartilham da desorientação do leitor frente a uma narrativa "desordenada", relacionando-a à falta de objetivos:

> — Este é um mundo bem estranho e misterioso.
>
> — Por quê?
>
> — Porque é. Você não percebe? Não há continuidade, nem lógica. Vive-se sem saber por quê. No fim, todo o mundo procura divertir-se ao máximo, sem ligar para mais nada.

Há subversivos, aqueles personagens responsáveis por imprimir movimento à distopia ou morrer tentando. Insatisfeitos com a letargia de seu mundo, passam a usar relógios, a contar o tempo e a estudar a morte como prova de que, sim, o tempo existe. Fazem sexo quando têm vontade, não quando seus corpos são aleatoriamente requisitados. Numa inversão da Liga Anti-Sexo do romance *1984*, de Orwell, a Polícia de Costumes fiscaliza a frequência com que a população pratica sexo — e a frequência precisa ser grande.

Como em obras distópicas anteriores de Carneiro, em *Amorquia* é experimentando o desprazer que a individualização e a decorrente liberdade de pensamento podem emergir. Deixando de fazer sexo, travando contato com a morte, assumindo compromissos e registrando a passagem das horas, os personagens cunham uma percepção crítica da realidade a cercá-los. Apenas assim conseguem notar as brechas distópicas de seu mundo aparentemente utópico. Em *Amorquia*, paradoxalmente convivem a utopia e a distopia.

A utopia configura mundos perfeitos em comparação com o nosso; a distopia, odiosos. Contudo, é importante destacar que a distopia também é um tipo de utopia, já que não apresenta conflitos sociais e tudo nela permanece estático, como se a História tivesse alcançado seu fim. Como o fim dos conflitos é conseguido por meio da extirpação da liberdade de pensamento, trata-se de uma utopia invertida — ou negativa, como preferem alguns. Assim, ao contrário de uma oposição entre certo ou errado, bom ou mau, a distopia coloca em cena uma ambiguidade entre esses termos.

Amorquia é uma nova espécie de obra utópica/distópica. Os personagens habitam um mundo simultânea e paradoxalmente perfeito e odioso. O perfeito se revela imperfeito, mas não deixa de preservar algo de invejável: a aceitação do diferente, o pacifismo, a ausência de preconceitos, o descaso para com as convenções sociais estanques que conservam as coisas como são.

A partir de *Amorquia*, o trabalho mais ousado de Carneiro até então, a produção em prosa do autor se aprofunda em experimentos metanarrativos, e se torna cada vez mais dissociativa. Ainda que narrativas lineares continuem sendo produzidas, as relações entre causa e efeito passam a ser mais difusas e enevoadas, tanto temática quanto formalmente. Pode-se dizer que, com *Amorquia*, Carneiro abandona em boa parte de sua produção o narrador cartesiano de cunho realista, senhor de si e propenso a conferir legitimidade ao seu relato, em prol de um narrador disposto a quebrar ou distender a verossimilhança.

A Máquina de Hyerónimus e Outras Histórias

A Máquina de Hyerónimus e Outras Histórias (1997), o retorno de Carneiro ao conto, fornece uma imagem bastante ampla de seu alcance como autor. Há, lado a lado, contos que abertamente dialogam com a tradição da ficção científica e outros mais apegados à realidade empiricamente verificável; há contos preocupados com a progressão narrativa linear e outros que quebram a linearidade. São dezoito contos no total, nos quais predomina uma linguagem próxima da poética, rica em sugestões e preocupada com a sonoridade.

O terceiro volume de contos de Carneiro possui, em sua capa, detalhe de "O Jardim das Delícias" (1500, aproximadamente), de Hieronymus Bosch. O tríptico de Bosch retrata dezenas de pessoas nuas em um cenário paradisíaco, entretidas em brincadeiras sexuais das mais diversas naturezas. Estabelece-se uma relação intertextual: além do título do livro, que se refere a um parapsicólogo homônimo do pintor, a obra de Bosch remete diretamente ao futuro utópico hedonista das narrativas distópicas fortemente erotizadas de Carneiro — algumas delas presentes na coletânea.

A Máquina de Hyerónimus abre com o conto "Não Matar Animais", um dos textos do autor que não se vincula tematicamente à ficção científica. Trata-se de uma narrativa violenta que guarda semelhanças com a obra de Rubem Fonseca, na crueza com que são descritos atos hediondos como assassinato e estupro. As protagonistas, mãe e filha, são encurraladas e violentadas em sua casa campal por criminosos. A filha, outrora incapaz de atirar mesmo em animais, acaba matando os invasores. Abalam-se as aparências e frustram-se as expectativas dos criminosos, que esperavam encontrar apenas fragilidade nas mulheres.

"A Nave Circular" retoma personagens e situações apresentadas no conto que dá nome à primeira coletânea de Carneiro, "Diário da Nave Perdida". É ambientado durante o tempo em que o casal de protagonistas ficou à deriva no espaço sideral, sem nenhum contato ou apoio externos. Serve bem para ilustrar algumas das mudanças pelas quais Carneiro passou no decorrer de sua carreira: enquanto o conto de 1963 possuía uma narrativa linear que não despertava dúvidas quanto ao teor do narrado, "A Nave Circular" é configurado de forma a subsequentemente provocar e desfazer enganos. O efeito é que o leitor, diante da maleabilidade do verossímil, em nenhum momento pode estabelecer certezas quanto ao narrado — o terreno é crivado pela dúvida, incerto em cada ação dos personagens.

O título do conto remete ao feitio da própria estrutura narrativa: circular e fadada a retornar ao ponto de início quando chega ao fim. Ao contrário do que acontece em "Diário da Nave Perdida", não há sinal de que os personagens um dia possam regressar ao seu planeta natal — aprisionados em uma estrutura de formato circular, são, como o leitor, incapazes de vislumbrar saída. Mas trata-se de um isolamento que não o é: distantes de todos, os personagens se veem livres de preconceitos herdados de sua vida na Terra e podem, assim, explorar perspectivas que anteriormente não poderiam conceber.

"O Consequente Extermínio da Divertida Espécie Humana" principia com uma declaração de intenções anticartesiana: "'Penso, logo existo.' Mas veja esta outra: 'Penso, logo não sou. Sou quando não penso.'" Anuncia-se um conto que radicalmente abandona quaisquer pretensões a um narrador que emule a certeza cartesiana, calcada na observação empírica. Pondo em xeque a realidade experimentada pelos nossos sentidos, nada que o narrador apresenta é remotamente confiável.

Problematizando a representação, o conto intercala segmentos desconexos e absurdos, a maior parte deles com marcado teor sexual. Os personagens, observados por alienígenas, são subsequentemente modificados em um voluntário rompimento da verossimilhança e da ilusão ficcional. Contribuindo nesse intento, verifica-se a inclusão de marcas autobiográficas no discurso do narrador. Traço recorrente na produção literária contemporânea, em Carneiro ele é aliado a paradigmas característicos da ficção científica. Na conclusão, o conto reafirma o teor metanarrativo e a forma fragmentária e cambiante. Propõe que toda narrativa até então apresentada foi achada por homens de um futuro pós-apocalíptico: manuscrito encontrado na garrafa, o conto explicitamente pede uma leitura aberta.

Além destes, vários contos da coletânea chamam a atenção, entre eles: "Sequestro", que aborda em registro próximo do realista a experiência de Carneiro na resistência à ditadura militar; "A Festa de Vasco" e "Minha Filha, pelo Amor de Deus", que tratam da hipocrisia a revestir ações cotidianas; "Meu Nome É Go", narrado por um gorila que sofre experimentos de ampliação do intelecto; e "Manuscrito Encontrado na Garrafa", que narra uma visita de Pércus, personagem de *Amorquia*, aos nossos tempos.

Como *Amorquia, A Máquina de Hyerónimus* aprofunda e põe em nova perspectiva temas anteriormente explorados pelo autor, agora no conto. Isso se dá pela adoção de uma forma cambiante e incerta, avessa a certezas e juízos definitivos. O vínculo com a ficção científica, recorrente mas não obrigatório, se mantém intenso e produz exemplares do gênero que atendem à demanda de Darko Suvin no ensaio "Three World Paradigms for 'SF'", incluído no volume *Positions and Presuppositions in Science Fiction* (1988). Nele, o teórico sugere que a ficção científica de nossos tempos deve propor uma verdade dinâmica, simétrica à ciência aberta de hoje. Cada narrativa de "FC" de *A Máquina de Hyerónimus* pode ser pensada segundo esses termos.

Confissões do Inexplicável

Confissões do Inexplicável (2007) é uma coletânea que reúne a prosa escrita por Carneiro nos seis anos anteriores. São 27 contos, resultando em um volume longo, com 600 páginas — nota-se que a produção de Carneiro se intensificou sobremaneira nos últimos anos. Como na coletânea anterior, aqui há uma predominância de contos de ficção científica, junto a outros de registro mimético mais próximo do real palpável. Mais do que transitar entre diferentes gêneros, os contos não tomam o gênero como ponto de partida, e assim evitam moldes pré-estabelecidos.

Já verificável nas produções pregressas, se intensifica a faceta confessional da prosa de Carneiro, com a frequente inserção de dados autobiográficos. O autor tem algo a acrescentar à recente inclinação da literatura contemporânea ao confessional: a lembrança, assumida como insuficiente em sua tentativa de apreender o fantástico de que se reveste o próprio cotidiano, em vários contos se põe lado a lado da ficção científica. De forma paradoxal, um gênero que necessariamente lida com circunstâncias fantásticas se alia à confissão.

O título da coletânea anuncia seu teor paradoxal, assentado no terreno da incerteza e do insolúvel. Como seria possível confessar o que não pode ser explicado? Tomando o fantástico como um reflexo da fragmentação da lembrança, é possível confessar o inexplicável e traduzi-lo de forma tateante. Confessar o inexplicável é assumir a provisoriedade, a abertura e, sempre, a incerteza. Alguns contos colocam essa problemática da representação em cena desde o título: "Confessionário do Inexplicável", "O Inenarrável", "Nada mais do que a Verdade" e "Confesse a Verdade".

O volume abre com "O Mapa da Estrada", uma novela que traz algo de Franz Kafka na apresentação sem sobressaltos do absurdo. Aberta para múltiplas leituras, também pode ser pensada de acordo com os paradigmas do realismo fantástico. No princípio do texto, o protagonista cruza uma estrada não mapeada de extensão e direção indefiníveis. Ao fim dela, se vê mergulhado em um ambiente de sonhos que o força a se livrar de antigos hábitos e, principalmente, de preconceitos cristalizados.

Como é recorrente em Carneiro, a palavra é apresentada como uma forma não apenas de nomear o mundo e suas coisas, mas de criar a própria realidade. Imerso em uma realidade distinta da pregressa, o protagonista precisa encontrar novas palavras, novas formas de expressão que permitam a comunhão com o novo — comunhão que se completa na relação sexual com uma das habitantes do mundo onírico. O falar antigo, marcado pelo cotidiano metropolitano, não lhe serve mais. Pela palavra, ele cunha uma nova identidade — procurando se expressar como os habitantes do novo mundo, o protagonista se reinventa.

Nessa nova realidade, o personagem encontra abrigo em uma estalagem cuja dona possui duas línguas (literalmente) e conversa com formigas. O duplo falar da mulher permite que ela estabeleça uma ponte entre mundos diferentes e antes impermeáveis. Estabelece, por exemplo, uma ponte entre o falar de seu mundo e o do protagonista — vinculado às grandes cidades, ao caos e à perda de contato com si próprio.

Um conto capaz de ilustrar o teor geral da coletânea é "O Último Computador", que aproxima a ficção científica do cotidiano, com uma nota humorística: os personagens principais tomam posse de um computador quântico produzido por uma fábrica secreta de Bill Gates, instalada no Paraguai. Estabelece-se uma troca entre o real e o imaginário: embora abertamente adote um registro mimético distante do realista, o conto se encerra com o narrador a dizer que a história não tem um final esclarecedor porque é "extraída inteira da realidade".

Confissões do Inexplicável alia a tentativa de verbalizar o que não pode ser dito ao elogio da alteridade. Embora a dificuldade em compreender o outro seja um motivo recorrente em Carneiro, na coletânea ele encontra uma apresentação alegórica nova, na conversa com as formigas. Dorva Rezende, na introdução do volume, aborda esse estranho diálogo, propondo que a "solidariedade e organização" das formigas inspiram algumas das personagens de Carneiro. Deve-se destacar, ainda, que o próprio diálogo com a "sociedade" das formigas já se configura como uma tentativa de entender o outro. Em "Habitar uma Formiga", por exemplo, a alegórica conversa com as formigas se apresenta novamente como o diálogo entre duas concepções de mundo distintas. Os percalços que a tentativa de compreender o outro oferece se ligam à ficção científica, no conto: em explícito contraponto se colocam o distinto olhar dos humanos e o de uma raça alienígena.

Confissões do Inexplicável se alinha à prosa de Carneiro pós-*Amorquia,* com contos onde se intensificam a indefinição entre real e imaginário e a incerteza quanto ao narrado. A narrativa pode se reconstruir e se fazer outra de um momento a outro, abalando a certeza de que a mera observação dos fatos possa levar à compreensão deles — os próprios sentidos a decodificar o mundo ao redor são indignos de confiança. *O Teorema das Letras,* este quinto livro de contos de Carneiro, segue a mesma tendência: estamos em um terreno de incertezas e paradoxos.

André Carneiro em Verso

Para Carneiro, a expressão artística mais significativa dentre as tantas que ele domina é a poesia. Transcrevo abaixo um trecho esclarecedor da entrevista pessoal que realizei com o autor no ano de 2007:

> Ramiro Giroldo – Em recente entrevista a Roberto de Sousa Causo, você afirmou que enxerga a prosa e a poesia como filhos gêmeos, aos quais procura dar igual atenção. Se não são gêmeos idênticos, em que se parecem?
>
> André Carneiro – Eu diria que a poesia é a forma literária mais ambiciosa. Ela tem, ou deveria ter, a intenção de exprimir o inexprimível. Já a narrativa exige muito mais espaço, às vezes ela se exprime nas entrelinhas, mas precisa de *muitas* entrelinhas. Então, uma narrativa seria um diamante enorme, e a poesia seria esse diamante com uma lapidação feita pelo lapidador mais exigente do mundo. Centenas de faces, as mais sofisticadas, de modo que aquele diamante, a princípio do tamanho de um punho fechado, se transformasse na ponta de um dedo, mas com o brilho de um sol.
>
> Acho que podemos encarar a poesia como a expressão literária em essência.

Como outros a transitar entre o verso e a prosa, Carneiro é um autor que inviabiliza a separação entre "escritor" e "poeta". Em prosa ou em verso, é poeta. Ocupa-se das palavras e do que elas, por detrás, podem evocar. Não por acaso, Carneiro escreve sua prosa sem dar espaço a cada início de parágrafo, aproximando a diagramação à da poesia. Esse traço, contudo, geralmente é revisto no processo de edição — *Piscina Livre* é um caso em que tal revisão não aconteceu.

O livro de poemas de Carneiro que seguiu *Ângulo e Face* é um objeto de arte, cada página uma xilogravura original.

Espaçopleno (1963) é difícil de ser encontrado hoje. Editado pela EdArt, foi impresso diretamente a partir das xilogravuras, inseridas no lugar dos tipos então utilizados na impressão de livros. Com o trabalhoso processo, as páginas do livro são grandes e soltas, sem grampos ou costuras. Amarrada por uma fita de cetim, acondiciona as páginas uma caixa de papel cartão impressa com o título do livro e o nome do autor. A produção é de Álvaro Malheiros e o planejamento gráfico e as xilogravuras de Luiz Dias. Diga-se de passagem que o projeto gráfico, nas páginas soltas, na caixa e na fita, lembra os belos volumes *Memórias Inventadas* I, II e III (2005, 2006 e 2007), do poeta sul-mato-grossense Manoel de Barros.

Os poemas "Antigamente e Hoje", "Psiquiatria", "O Planetário", "Corrida no Espaço" e "Ficção Científica", em *Espaçopleno*, dão mostras do quanto já amadurecera o autor de *Ângulo e Face*. Abordam temas comuns aos textos de Carneiro comumente chamados de ficção científica, como o temor quanto aos efeitos da ciência no meio ambiente e na mente humana, reconfigurada pela influência química no organismo. A relação com o gênero é escancarada no 24º poema do volume, chamado "Ficção Científica". Abaixo, o poema na íntegra:

A aeronave
entre espaço e tempo.
Na tela fosforescente
olho fagulhas
do universo.

Só voltarei
após centenas
de anos.

Asteroides
riscam a vigia
transparente.
Sou lúcido,
conformado.

Amor, sentimento
ultrapassado.
Robot põe a mão fria
no meu braço.
"Pensas abstrato",
define com
ironia.

Proibido brincar
de saudade,
arrependimento.

Prazeres sintéticos,
nítidos, perfeitos.

Ela, na terra,
envelhecendo,
sem meu ábaco...

O robot me submete,
esquecimento.
Música de planetas,
sonho sucessos,
seres estranhos, amar estrelas.

Na tela avança
a galáxia.

Daqui mil anos
lego aos
trinetos,
este poema
arcaico.

O poema é marcadamente alinhado à coletânea publicada por Carneiro no mesmo ano. Como no conto "Diário da Nave Perdida", há um temor de que o avanço técnico transforme o próprio homem em um ser artificial. O poema, contudo, não tem um cunho conservador: não se trata de medo do futuro e saudade de um passado pretensamente natural. Trata-se de preservar o elemento humano frente ao avanço rápido da tecnologia, e de esperar que a tecnologia se subordine ao homem, não o contrário. Temos, em um poema, o desenvolvimento de um tema caro para a "FC", a reação do homem frente ao "choque do futuro". Para Carneiro, "*ficção* científica" é uma nomenclatura insuficiente; sua exploração do gênero vai além dos limites da prosa e da ficção, chegando à lírica.

O poema chamado "Filho", bastante voltado à sensibilidade do eu poético, se destaca. Também merece ser lido na íntegra, previamente ao comentário:

Oculto na entranha
materna
o que contas do teu
país de mistério?

Anjo voador por
quais séculos
horizontes?

Ignoras os
estilhaços,
pontas sem remédio.

Olhos fechados,
não sabes das razões,
nem argumentas.

Branca memória
toco tua carne
na face
de tua mãe.

Voam teus
cílios borboleta,
acaricio o pulso
que te alimenta
enquanto dormes.

Fui o que tu és,
habitante inseguro,
de pulmões inertes,
antes que te penetre
o choro inicial.

Que posso te oferecer
neste mundo antigo
no qual te introduzo
sem consultar?

Crescerás ao meu lado
com disciplinas,
brinquedos.
Um dia olharás,
piedoso,
um velho pai,
inocente e acadêmico.

Ah meu filho,
não me importa.
Nasces,
foguetes buscam as estrelas.
Teu pai mal
começa a aprender.

A linguagem, carregada de metáforas, aborda um conflito entre o velho e novo similar àquele do poema "Colégio", de *Ângulo e Face*. Aqui, contudo, a construção poética é mais rica, alcançando uma amplitude maior na crítica ao que há de estanque na vida humana, ao que é capaz de manter sua imobilidade e sua insuficiência a despeito dos "foguetes [que] buscam as estrelas". O mundo a esperar o filho é arcaico e aquém de suas potencialidades ("Que posso te oferecer/neste mundo antigo"), e o avanço da técnica não equivale a um avanço na aceitação do novo, do diferente.

A antologia poética seguinte, *Pássaros Florescem* (1988), teve seu valor reconhecido com premiação no Prêmio Bienal Nestlé de Poesia, e hoje está em sua segunda edição. O livro foi traduzido por Leo Barrow e publicado nos Estados Unidos com o título *Birds Flower*, em 1998. O contraponto entre o novo e o antigo, bem como o tópico da alteridade, ainda se reveste de uma negação do apego irrestrito a convenções comportamentais previamente estabelecidas. Dessa forma, o volume segue a tendência da poesia de Carneiro de filtrar pela sensibilidade do eu poético o desarranjo do mundo.

Quânticos da Incerteza (2007) é a antologia poética de Carneiro de maior importância, uma verdadeira síntese de sua poesia. Os poemas são agrupados em quatro segmentos: "Esculpir o Silêncio", "Virtual Realidade", "Quânticos da Incerteza" e "Palavra por Palavra". Primeiramente, observemos na íntegra o poema "A Edênica Tarefa", incluído no primeiro segmento:

No jardim do Éden
o casal primevo
limpou o barro
restante na pele
ainda fresca da
mão onipotente.
Desconfiados, examinaram,
dela os seios pontudos e dele
as coisas pendidas e frouxas
entre as coxas.
Pensaram, mexeram
a boca inutilmente,
fizeram sons esdrúxulos,
sentaram-se na grama
e começaram tristemente a tarefa imensa
de inventar um alfabeto,
sílabas, gramática
e um dicionário
para o mais perfeito
futuro desentendimento.

Como é recorrente em Carneiro, é posto em cena o papel da palavra na compreensão e na criação do mundo. A compreensão, o contato com o outro por meio da palavra, equivale à criação do mundo e condiciona sua existência. Há, contudo, um desarranjo entre cada homem, e entre o homem e o mundo. Desarranjo que língua nenhuma, nem mesmo a edênica, pode solucionar com plenitude — como o mundo, o outro sempre carregará algo de inexplicável. O poema pode ser considerado a obra-prima de Carneiro na abordagem de um tema muito caro à sua arte, a alteridade.

"Só a Verdade" põe em cena o paradoxo de expor uma verdade que não pode e não deve ser compreendida por completo. O poema é transcrito abaixo:

Como dizer coisas objetivas,
ponderadas e certas,
se as teclas derrapam,
formam por sua própria conta
outras palavras?
Às vezes, quando releio,
não compreendo e fico a descobrir
se entrega é refrega,
conceito é refeito,
e o que eu pensava
para conduzir o verso
na mútua escuridão
do amor sem remédio.
Racionalizo o dia inteiro,
não saio nu porque o dia é frio,
exijo, de acordo com os direitos humanos
e nem assino meu nome completo.
Aprendo a linguagem dos surdos.
Falo com os dedos,
exprimo com a face.
complicados sentimentos,
todos compreendem
e a multidão na praça me aclama,
decreto a extinção da palavra falada,
telefones, fitas gravadas e alto-falantes mudos,
a história limitada ao dia que passa,
abelhas operárias dançando nos vídeos silenciosos
o segredo para encontrar o pólen.
Paro, nesta linha, e me pergunto
se tenho o direito de planejar o futuro
com o velho código das letras.
Por que não desenho os gestos

e desconverso com estes versos?
No palco estreito desta cama,
prisioneiro do cotidiano inelutável,
invento a invisibilidade,
enquanto o juiz brinca com as algemas
e grita se eu juro dizer a verdade,
nada mais do que a verdade,
em todas as mentiras.

Trata-se de um poema, mais uma vez, sobre o alcance e os limites da palavra. E, novamente, o terreno em que se assenta é o da dúvida. O eu poético se pergunta sobre o direito que tem de abolir a palavra falada se o próprio poema usado para este fim se constitui por meio de um código já arcaico, incapaz de apreender um mundo sempre novo. O fazer poético, cujos meandros são metalinguisticamente explicitados, se propõe não a traduzir, explicar ou compreender o mundo, mas a expor suas incertezas e contradições.

Pode-se observar que, como a prosa, a poesia de Carneiro se afasta cada vez de modo mais contundente da tentativa de definir verdades ou certezas. Trata do desarranjo entre o eu e o mundo sem oferecer soluções, por meio de uma expressão poética ela própria cindida por desarranjos e marcada pelo paradoxo. O título *Quânticos da Incerteza*, assim, fornece uma chave interpretativa para toda a literatura de Carneiro: a junção de dois termos que remetem à dúvida promove uma dupla negação da certeza cartesiana, oriunda de um tempo em que a verdade podia emergir da observação empírica. Em Carneiro, a própria consciência a organizar racionalmente o que capta do mundo se vê questionada.

Sob a Ditadura Militar

Na primeira semana do Golpe Militar de 1964, Carneiro foge minutos antes de ser preso por onze soldados armados com metralhadoras. Um promotor amigo seu avisara que a prisão aconteceria, fornecendo tempo para uma fuga no último instante. Carneiro adota, então, uma nova identidade: muda o nome para Augusto, tira o bigode e passa a usar um novo corte de cabelo.

Empreende uma fuga pelo Brasil em uma Kombi, e sua situação demora a ser regularizada. Com o risco de ser preso a qualquer momento, se esconde com frequência no "quarto secreto" de sua casa de Atibaia, refúgio seguro para quando a polícia política batesse à porta. Em *Espaçopleno*, o poema "O Quarto Secreto" fala do refúgio em um tempo mais tranquilo, anterior ao medo.

Atentemos para as palavras de Carneiro, na já mencionada entrevista concedida a mim em 2007:

> O golpe militar me jogou num abismo, repentinamente. De um dia para o outro eu me vi fugindo da polícia, arriscado a ser morto, em casa de subversivos da maior importância e maior coragem. E daí por diante. E percebi que eu não tinha a menor importância do ponto de vista legal.
>
> Minha primeira mulher foi ter com o capitão, do qual éramos conhecidos superficiais, e falou: "O meu marido é inocente." Ele deu uma resposta maravilhosa: "Nós não estamos interessados na inocência dele, estamos só interessados na culpabilidade." Eu achei essa resposta extraordinária. Todo mundo é condenado, desse jeito. E essa ânsia de poder me defender, de lutar por uma liberdade, tornou-se uma coisa imanente dentro de mim. E, certamente, acaba vazando para minha obra.

Embora marcada pela experiência de viver sob o jugo autoritário, a obra de Carneiro não se torna panfletária ou didática. Não se põe a serviço de qualquer ideologia e subsiste na relativa autonomia literária, sem servir de microfone ao ideário do autor ou dos grupos aos quais ele porventura se aliou na resistência ao regime militar. Aberta, avessa à excessiva normatização e simpática à irrestrita liberdade de pensamento, sua obra é intrinsecamente contrária ao autoritarismo. Nessa tomada de posição, contudo, a arte não se submete ou subjuga ao real que procura transfigurar — ou seja, não é pela propaganda que sua arte se opõe ao governo dos militares, mas pela abertura.

A profusão de narrativas distópicas, em Carneiro, remete ao manejo de um subgênero historicamente hostil a políticas autoritárias. A distopia teme que o homem se torne um autônomo, escravizado pela excessiva normatização e incapaz de perceber as amarras que lhe barram a percepção crítica do mundo. É possível sugerir que a forte presença da distopia na literatura de Carneiro se justifique pela procura de uma forma particularmente incisiva em seu ataque ao autoritarismo e em seu elogio à liberdade de pensamento. Ao apropriar-se da distopia, o autor a transfigura em seus termos, configurando mundos futuros onde a promiscuidade sexual pode servir tanto ao aprisionamento quanto à libertação humana, simultânea e paradoxalmente.

Deve-se destacar, contudo, que Carneiro já escrevera distopias antes mesmo do Golpe Militar. "Diário da Nave Perdida", publicado um ano antes da tomada de poder pelas Forças Armadas, é fortemente alinhado às narrativas distópicas posteriores, e pode ser enquadrado dentro do mesmo universo ficcional. Pode-se propor que o conto e seu quadro imaginário atenderam às necessidades futuras e demandaram um frequente retorno com intenções de aprofundamento ou reconfiguração. Para apreender uma realidade hedionda, a do Brasil sob o jugo da ditadura militar, a projeção em um futuro longínquo permitiu um frequente distanciamento cognitivo. Tal distanciamento possibilita uma transfiguração ficcional contundente do contexto histórico-social, mais significativa e ampla em possibilidades interpretativas do que a representação pretensamente realista.

Não é apenas no subgênero distópico que Carneiro aborda sua dolorosa experiência com o autoritarismo. Recentemente, Carneiro publicou o conto "Gabinete Blindado", na antologia *Assembleia Estelar: Histórias de Ficção Científica Política* (2011), editada para a Devir por Marcello Simão Branco. Trata-se de um texto desafiador para os que esperam um enredo linear e encaram a literatura como mera forma de entretenimento, obrigada a produzir uma "leitura agradável".

Não há nada de agradável, acalentador ou fácil na literatura de Carneiro. O conto, enevoado espacial e temporalmente, trata de uma ação revolucionária armada contra um governo que nunca é nomeado com clareza. A lembrança do perigo e do medo decorrente é, em "Gabinete Blindado", acompanhada pela fragmentação da própria narrativa. O impacto traumático do jugo autoritário é expresso na forma que é, ela própria, "conteúdo". Lembremos que, sob pena de criar uma obra manca, a forma não pode ignorar o tema, mas se unir a ele ao ponto de impedir a separação mecânica entre um e outro. Assim, em suas obras que abordam por (às vezes enormes) desvios a experiência ditatorial do país, Carneiro alcança uma transfiguração literária integral do contexto brasileiro.

André Carneiro nos Quânticos da Incerteza

André Carneiro, de umas décadas para cá, ministra uma oficina literária, a Confraria. Permite, nas aulas, que cada aluno desenvolva a escrita dentro de seus próprios termos, sem conduzi-los rumo à expressão literária que pessoalmente considera mais ou menos válida. Organizada por ele, a antologia de contos *Proibido Ler de Gravata* (2010) reúne textos produzidos na oficina. Dentre seus alunos, por enquanto se destaca Mustafá Ali Kanso, que recentemente publicou a coletânea *A Cor da Tempestade* (2011).

Definir um artista multifacetado como Carneiro não é uma tarefa fácil. Rotular não é o caminho, já que sua produção não se deixa moldar acriticamente por parâmetros pré-estabelecidos. Há uma apropriação transfiguradora de gêneros (a ficção científica, por exemplo) e de tendências (como a inclinação ao teor confessional da prosa contemporânea), não uma adoção plana de modismos e de paradigmas já instituídos.

Boa parte da prosa de Carneiro é vinculada à ficção científica, e mesmo sua poesia possui ligações com interesses e preocupações comuns ao gênero. O autor, contudo, não gosta de ser chamado de "escritor de ficção científica". Isso a despeito de ter escrito o pioneiro ensaio *Introdução ao Estudo da "Science Fiction"* (1967), que demonstra um grande conhecimento do gênero e um cuidadoso trabalho de reflexão sobre um amplo número de obras. Em suas palavras, novamente recorrendo à entrevista a mim concedida:

> Há certas colocações que têm um sentido só. Eu me refiro, por exemplo, às palavras "grade" e "prisão". Não dá para transformar "grade" numa coisa que seja parecida com liberdade. Não dá para transformar "prisão" em alguma coisa que seja criativa, o próprio conceito é limitador. Eu acho que o escritor de ficção científica deve chutar para longe essa expressão e ser escritor, somente. Se os críticos acharem que ele só escreve ficção científica, ele deve dizer "Ah, é? Que bom", ou "Que mau", sei lá. Ele deve perguntar: "O texto foi feliz, foi bem-sucedido? Se for, estou satisfeito." Mas não se preocupar se está no gênero ou fora do gênero, isso é ridículo.

Portanto, não se trata de renegar a ficção científica, mas de refutar um rótulo que, em seu ponto de vista, não pode preceder ou condicionar a criação literária. Para fazer uso de uma expressão de Fausto Cunha no ensaio "Ascensão e Queda da *Science Fiction*", o gênero não condena ou salva nenhuma obra. O crítico e o leitor, contudo, não devem se intimidar ao chamar de ficção científica textos de Carneiro, quando for pertinente. Transfigurar os paradigmas genéricos, afinal, é uma das formas pelas quais o autor alcança suas particularidades.

Em todas as expressões artísticas sobre as quais Carneiro se debruçou (a fotografia, o cinema, a literatura e as artes plásticas) foi gravada sua marca. Muda a linguagem, permanecem as características de um mesmo artista: a fuga do convencionalismo formal, o questionamento dos parâmetros comportamentais, a quebra dos tabus, a fascinação e a perplexidade frente ao outro, a desconfiança quanto a certezas absolutas, o elogio irrestrito à liberdade de pensamento, a expressão de um profundo desarranjo entre os homens e entre eles e o mundo. E nas diferentes linguagens que serviram à sensibilidade de Carneiro, observa-se a imbricação de uma visada marcadamente psicanalítica. Para uma compreensão mais ampla do autor, é de interesse explorar o lugar que o trabalho de Sigmund Freud ocupa em sua arte.

Freud apresenta a psicanálise como a "terceira ferida narcísica" provocada na humanidade. A primeira se deu quando Copérnico demonstrou que a Terra não é o centro do universo; a segunda, quando Darwin mostrou que as origens da vida humana estão no reino animal; a terceira, por fim, foi provocada por Freud ao afirmar que a consciência deriva de uma série de processos inconscientes que escapam ao controle dela própria. Ou seja, a consciência não é o centro da razão humana e o eu, descentrado, não é senhor de si mesmo.

A arte de Carneiro é avessa a uma noção fechada de mundo, vinculada à filosofia cartesiana em seu interesse de chegar à verdade articulando razão e método. Sua produção volta ao mundo um olhar aberto, contrário à certeza cartesiana. Põe em cena uma verdade aberta, relativa, ao privilegiar a incerteza no tema e na forma, ao negar a constituição de uma verdade absoluta. *Amorquia*, por exemplo, é um romance que abdica de uma organização clara de seus diversos segmentos e parece, ele todo, ambientado no inconsciente freudiano: o narrador não impõe uma consciência a organizar o que é amorfo e indistinto.

Outra marca deixada pela psicanálise na produção de Carneiro se refere ao papel cumprido pelo prazer e pelo desprazer no mecanismo psíquico. Para Freud, é pela experiência com o desprazer que emerge a percepção de que o eu não é uno com o mundo. O ego infantil original é aquele que não distingue a si próprio do "exterior"; depois, por meio principalmente de experiências de desprazer, que evidenciam a possível hostilidade do mundo externo ao ego, nasce a percepção de que o ego e o "exterior" não são equivalentes.

Por exemplo: nas distopias altamente erotizadas de Carneiro, os personagens são protegidos de experiências de desprazer por meio de uma imposta imersão em prazeres circunstanciais — o que leva à enganosa noção de que não há desarranjo entre o ego e o que está fora dele. O desprazer, então, protagoniza nos personagens o despertar de uma percepção crítica de seu mundo: há um processo de individualização análogo àquele experimentado quando é superado o estágio infantil do ego, que a tudo inclui.

O próprio tema do desarranjo entre os homens e entre eles e o mundo, presente em Carneiro desde seu primeiro livro, *Ângulo e Face*, é relacionado ao ego que precisa se dissociar do mundo para se constituir plenamente. O desarranjo, afinal, provoca o desprazer que força uma percepção outra das coisas, desvinculada da aceitação acrítica do que é socialmente imposto como norma.

O século "xx" é marcado pela dúvida e pela dissolução das certezas. Além da psicanálise, são afeitos a uma concepção aberta de mundo, não cartesiana: a teoria da relatividade de

Einstein (a verdade é relativa à posição do observador) e o princípio da incerteza da Heisenberg (a observação em nível subatômico pode mudar as condições do que se observa). São apenas dois exemplos de muitos a abalar as verdades absolutas, aos quais pode também ser somado o "princípio da complementaridade" de Bohr, segundo o qual diferentes (e às vezes de difícil conciliação) concepções devem ser articuladas para que uma complemente a outra na apreensão do mundo.

Carneiro, dessa forma, é um artista de seu tempo, a falar significativamente de seu tempo. Dissociativamente, promove a abertura demandada a partir do século passado, mostrando-se hostil a concepções fechadas, com pretensões à totalidade. Se há certezas ou verdades, é que as coisas mudam conforme o olhar a elas dirigido, e que a liberdade de pensamento deve ser irrestrita para uma apreensão (nunca totalizante) do mundo e do outro. Toda a obra de André Carneiro orbita essas questões tão cruciais para nosso tempo. Merece ser lida e estudada com afinco: seu reconhecimento devido é crucial para a constituição de um quadro amplo, mais completo, da literatura brasileira.

Sobre o Autor

Sobre o Autor

Em 1949, André Carneiro foi o criador — com sua irmã Dulce Carneiro, e com César Memolo Júnior — da revista literária *Tentativa*, de cunho independente e eclético. Carneiro, que teve sua obra estudada na dissertação de mestrado de Osvaldo Duarte, alcançou grande reconhecimento como poeta com os livros *Ângulo e Face* (1949) e *Espaçopleno* (1963), sendo chamado pelo crítico francês Bernard Diez de "um dos dois maiores poetas vivos do Brasil".

Como escritor de ficção científica, estreou com a Geração GRD de autores incentivados pelo editor Gumercindo Rocha Dorea. Seu primeiro conto de FC, "O Começo do Fim", publicado em *O Estado de S. Paulo*, recebeu o Prêmio Machado de Assis da Academia Brasileira de Letras. Publicou cinco livros de histórias e dois romances em sua carreira. O autor brasileiro de ficção científica há mais tempo em atividade, em 2010 lançou a primeira antologia de contos de FC organizada por ele, *É Proibido Ler de Gravata*.

Com significativa carreira internacional na ficção científica, tem sua noveleta "A Escuridão" (1963) reconhecida como um clássico internacional do gênero. Já foi publicado em doze países. Seu romance *Amorquia* (1991), texto central de uma série de narrativas sobre uma utopia anarquista sexual do futuro, foi o assunto central da dissertação de mestrado do Prof. Ramiro Giroldo.

Pioneiro da fotografia modernista brasileira, também cineasta e artista plástico, hipnólogo e membro da resistência contra o regime militar, Carneiro explorou na literatura seus múltiplos interesses e experiências. Faleceu em 2014.

Sobre o Ensaista

Ramiro Giroldo nasceu em Campo Grande, MS, em 1981. Formou-se em Letras pela Universidade Federal de Mato Grosso do Sul (UFMS), onde obteve o título de Mestre em Estudos de Linguagens. Sua dissertação de mestrado abordou o romance *Amorquia*, de André Carneiro, segundo os paradigmas da utopia e da ficção científica. É Doutor em Literatura Brasileira pela Universidade de São Paulo (USP), com tese sobre outra obra de ficção científica brasileira, *As Noites Marcianas* (1960), de Fausto Cunha. Possui textos sobre utopia e ficção científica publicados em periódicos acadêmicos conceituados, como *Nau Literária* (UFRGS), *FronteiraZ* (PUC-SP), *Literatura e Autoritarismo* (UFSM) e *Zanzalá* (UFJF). No pioneiro volume de *Volta ao Mundo da Ficção Científica* (2007), publicou o ensaio "Outra Utopia", que aborda *Amorquia* pela chave da teórica utópica. Escreveu o posfácio da antologia de textos de ficção científica *Contos Imediatos* (2009), e foi convidado do *Anuário Brasileiro de Literatura Fantástica 2008*. Além da literatura, tem interesse pelo cinema e publicou, no volume *Cinema (d)e Horror* (2011), ensaio sobre o filme *Eles Vivem*, de John Carpenter. Também é autor do roteiro dos curta metragens de horror *Red Hookers* (2013), com Monica Mattos, e *Natal, Vade Retro!* (em pós-produção), ambos dirigidos por Larissa Anzoategui. Mantém o *blog Ficção de Gênero* (http://ficcaogenero.blogspot.com.br). Atualmente é pesquisador DCR (Desenvolvimento Científico Regional) vinculado à Universidade Federal do Mato Grosso do Sul. É autor do livro *Ditadura do Prazer: Sobre Ficção Científica e Utopia* (2013), pela Editora da UFMS.

Sobre o Artista da Capa

O artista visual Claudio Takita nasceu em São Paulo, e é neto de emigrantes japoneses. Formou-se em Administração de Empresas pela Pontifícia Universidade Católica de São Paulo, mas a sua paixão pela arte fez com que, de forma autodidata, se dedicasse às atividades relacionadas a arte visual, trabalhando como *designer*, diretor de arte e artista plástico, este último qual se dedica plenamente. Expõe em galerias importantes no país e internacionalmente representou a Delegação Brasileira nas três últimas edições do Salon de la Société Nationale de Beaux-Arts, em Paris. Originais e sensíveis, as obras pictóricas de Takita combinam precisão em imagens figurativas, fontes tipográficas e pinceladas abstratas, compondo vários temas e releituras de obras clássicas da arte com apuro estético e poético. A arte que aparece na capa desta edição de *O Teorema das Letras* se chama "Proporcional", uma pintura em tinta acrílica sobre tela, releitura do famoso desenho de Leonardo da Vinci. Veja o *site* de Takita em www.takita.art.br.

Confissões do Inexplicável

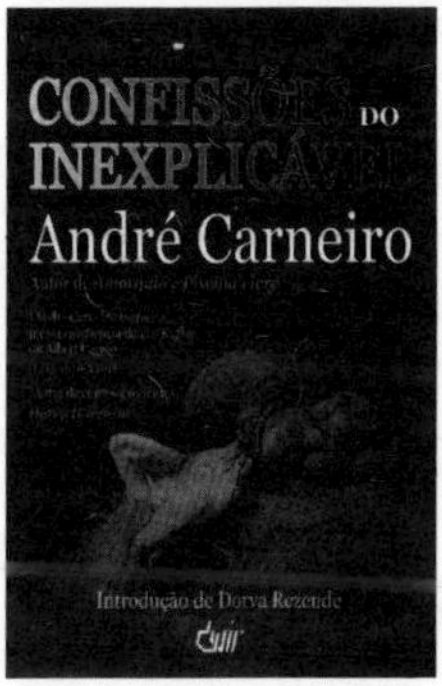

Com 27 histórias de ficção científica, fantasia e suspense literário, este é o maior livro de contos de um autor brasileiro de FC já publicado. Carneiro é o decano dos escritores nacionais de ficção científica, ativo desde fins da década de 1950 e com importante repercussão internacional. ***Confissões do Inexplicável*** dá testemunho da excelente forma desse autor de relevo, também poeta da Geração de 45 e artista plástico. O livro tem introdução do jornalista Dorva Rezende, e ilustrações do próprio autor. Na capa, arte de Henrique Alvin Corrêa, o primeiro ilustrador brasileiro de ficção científica.

Número de páginas: 600
ISBN: 978-85-7532-278-9
Código Devir: DEV333023

"Autor de contos excelentes."

—Harry Harrison

"Sua ficção se coloca na linha evolutiva que, abandonando o deslumbramento tecnológico inicial, avança para a consideração dos problemas humanos sob o 'choque do futuro'."

—Fausto Cunha

Os Melhores Contos Brasileiros de Ficção Científica

A primeira antologia retrospectiva da ficção científica brasileira traz mais de cem anos de contos nacionais, monstrando que o gênero tem papel na representação da "experiência brasileira". Histórias variadas em tom e atmosfera, que expressam diversidade temática e de estilos. Reúne pela primeira vez contos de Machado de Assis, Gastão Cruls, André Carneiro, Jerônymo Monteiro, Rubens Teixeira Scavone, Finisia Fideli e Jorge Luiz Calife.

Número de páginas: 200
ISBN: 978-85-7532-303-8
Código Devir: DEV333025

"Essa antologia pode ser considerada uma referência e um marco do padrão de qualidade que pode e deve ser exigido do aspirante a autor de ficção científica."

—*CartaCapital*

Os Melhores Contos Brasileiros de Ficção Científica: Fronteiras

Esta destacada série de antologias prossegue com este volume com histórias clássicas de Lima Barreto, Afonso Schmidt, Lygia Fagundes Telles, Jorge Luiz Calife, André Carneiro, Jerônymo Monteiro, Braulio Tavares e Rubens Teixeira Scavone. São 14 contos com os mais diversos enfoques, vários dos quais exploram a zona fronteiriça entre a ficção científica e outros gêneros como o horror e a ficção literária.

Número de páginas: 196
ISBN: 978-85-7532-101-1
Código Devir: DEV333044

"Causo vem prestando um enorme serviço à literatura brasileira... por meio de ensaios e antologias como esta ***Os Melhores Contos Brasileiros de Ficção Científica: Fronteiras***, onde demonstra a existência (e até certa 'tradição') do gênero entre nós."

—Luiz Ruffato, *Folha de S. Paulo*

As Melhores Novelas Brasileiras de Ficção Científica

Quatro novelas compõem mais esta antologia que expressa o alcance e a diversidade de enfoques da FC brasileira. Entre elas a pungente e bem-humorada utopia brasileira "Zanzalá" (1936), de Afonso Schmidt, e "A Escuridão" (1963), de André Carneiro, muito publicada no exterior e considerado um clássico internacional. Completam o livro "O 31º Peregrino" (1993), erudita fusão de ficção científica e horror de Rubens Teixeira Scavone, e "A Nós o Vosso Reino" (1988) de Finisia Fideli, sombria exploração do tema da invasão alienígena.

Número de páginas: 224
ISBN: 978-85-7532-476-9
Código Devir: DEV333066

MAIS DE TRÊS MILHÕES DE EXEMPLARES VENDIDOS NO MUNDO ADAPTADO PARA O CINEMA EM GRANDE PRODUÇÃO

"Um romance comovente e cheio de surpresas."
—*The New York Times*

Um clássico da ficção científica, ganhador dos principais prêmios do gênero, o Hugo e o Nebula, ***Ender's Game: O Jogo do Exterminador*** é um livro movimentado e tocante. Após uma invasão alienígena, a humanidade reage treinando crianças para batalhas futuras, num mundo superpovoado e em conflito. Andrew "Ender" Wiggin é a principal esperança dos generais, um prodígio tático que supera limites cada vez mais estreitos, a um terrível custo pessoal. Com rara penetração psicológica, Card dramatiza a brutalização sofrida por Ender na Escola de Combate. Para ilustrar as dificuldades da luta no espaço, ele criou a "sala de combate" onde as crianças treinam para batalhas em gravidade zero. Ao mesmo tempo, antecipa os jogos virtuais de guerra, e a importância da Internet como formadora de opinião.

Tradução: Carlos Angelo
Número de páginas: 380

em duas versões:	Capa Dura	Brochura
ISBN/Código de Barras:	978-85-7532-569-8	978-85-7532-570-4
Código Devir:	DEV3330103	DEV333104

O filme do *Jogo do Exterminador* foi lançado mundialmente em novembro de 2013. Com Harrison Ford e Ben Kingsley no elenco, e dirigido por Gavin Hood (*X-Men Origens: Wolverine*), trata-se de uma megaprodução com orçamento de 110 milhões de dólares. Asa Butterfield (*A Invenção de Hugo Cabret*) faz o papel de Ender Wiggin, num elenco que conta com Heilee Steinfeld (indicada ao Oscar por *Bravura Indômita*) e Viola Davis, duas vezes indicada ao prêmio da Academia.

A SAGA DE ENDER COMPLETA

Orador dos Mortos
Tradução: Roberto S. Causo
Número de páginas: 464
ISBN: 978-85-7532-290-1
Código Devir: DEV333018

Xenocídio
Tradução: Sylvio M. Deutsch
Número de páginas: 536
ISBN: 978-85-7532-407-3
Código Devir: DEV333041

Os Filhos da Mente
Tradução: Sylvio M. Deutsch
Número de páginas: 352
ISBN: 978-85-7532-518-6
Código Devir: DEV333079

Impresso por :

Graphium gráfica e editora

Tel.:11 2769-9056